LILLY LINDNER

da vorne wartet die zeit

roman

DROEMER

Besuchen Sie uns im Internet:
www.droemer.de

FSC
www.fsc.org
MIX
Papier aus verantwortungsvollen Quellen
FSC® C013736

Umschlaggestaltung: ZERO Werbeagentur, München
Umschlagabbildung: FinePic®, München
Satz: Adobe InDesign im Verlag
Druck und Bindung: Kösel, Krugzell
Printed in Germany
ISBN 978-3-426-22640-7

2 4 5 3 1

Für das Abkommen,
mit jedem Augenblick.

Prolog am See

In einer Stadt direkt am See verliert sich die Zeit. Hier sind alle Menschen nur lautlose Begleiter der Unendlichkeit. Alles kann vorbei sein. Jetzt sofort. In diesem Augenblick. Aber da es keine Zeit mehr gibt, gibt es auch keine Endzeit. Jeder Tod vergeht vor dem Grauen der Nacht. Und dann, als wäre er gar nicht da gewesen, beginnt ein neuer Tag.

Keiner der Menschen an diesem Ort weiß, dass sie nur dort sind, um Abschied zu nehmen, von ihrem letzten Atemzug. Denn fernab der Zeit, in diesem dichten Nebel am See, treffen sich die Sterbenden, um noch einmal zu leben.

Sie sehen sich an und lächeln. Sie streiten nicht mehr um das letzte Wort, sie lachen nicht mehr übereinander, sie lachen miteinander. Sie bringen die Abläufe der natürlichen Ordnung durcheinander, ohne etwas zu zerstören. Sie verzeichnen Glück, sie durchstreichen Angst, sie verankern Erinnerungen. Und sie haben keine Ahnung davon, dass diese Stadt nichts weiter ist als die unendliche Weite der Illusion.

Die Menschen in der Stadt am See haben keine Grenzen. Sie können einen einzigen Moment immer und immer wieder erleben, solange sie wollen, solange sie brauchen, um zu verstehen. Sie laufen durch das Echo der Zeit, das aus der Ferne zu ihnen hinüberdringt. Sie wissen nicht mehr, wie es sich angefühlt hat, an eine Stunde, an eine Minute oder an eine Sekunde gebunden zu sein; denn sie haben nur diesen einen Moment, der für die Ewigkeit existiert.

Und diese Ewigkeit.

Sie ist ein unsichtbarer Raum.

Mit verhangenen Fenstern.

Die Menschen in der Stadt am See altern nicht. Sie sind umhüllt von einem geheimnisvollen Zauber, der über den Gebieten der flüsternden Zeitlosigkeit verweilt. Und nachdem sie für immer dort angekommen sind, die Toten der Nacht, die Toten des Tages, die Toten der Zeit; nachdem sie erkannt haben, wie dieser Ort heißt und wohin das Grenzgebiet hinter dem sperrangelweit geöffneten Zeitraum führt – nach diesem Augenblick endet letztendlich dieser unendliche Moment.

Die wandernden Gedanken versammeln sich am Ufer des riesigen Sees, sie setzen sich dort nieder, sie streifen vorsichtig über die winzigen Wellen der Wasserkreise. Dann kommt ein Wind auf, er wispert ein ehrfürchtiges Lied.

Und da verschwinden die Gedanken. Lautlos.

In einem Nebel aus funkelndem Licht.

Genau wie all die Menschen.

Aber keine Angst: Ein Flüstern dieser Erinnerung bleibt für immer. Es legt sich über den See am Rande der Stadt und die sanften Nebelschwaden, die direkt über den Wassertänzern dahinziehen, und bestätigt stillschweigend ein unsterbliches Geheimnis.

Dort. In dieser Stadt am See.

Verläuft sich die Zeit.

Prolog am Waldrand

In einer anderen Stadt, direkt am Waldrand, verrinnt die knapp bemessene Zeit. Hier befindet sich die wirkliche Welt. Uhren ticken, Menschen stehen unter Kirchtürmen und betrachten nachdenklich die alt gewordene Zeit. Sie berechnen Augenblicke und Sichtweiten. Sie verknüpfen Zeitpunkte mit Hilfe von Zeitdiagrammen und Zeitleisten, aber sie leisten sich keine Auszeit. Stattdessen tasten sie, mit suchenden Fingern, den dunklen Schatten der Sonnenuhr hinterher. Sie vereinbaren Termine, zu festgelegten Tagen, sie verabreden Meetings zu entschlossenen Stunden, sie versprechen Hochzeiten zu unumstößlichen Minuten.

Sie holen Luft, oder sie atmen aus.

In jedem Moment.

Den sie dem Leben zuordnen.

Was auch immer hier geschieht, es ist immer gebunden an eine bestimmte Anzahl von schlagenden Sekunden, die wiederum gebunden sind an eine Formation von Minuten, die in einer Gruppierung von Stunden enden, nur um einen Tag zu begründen, und dann einen weiteren und schließlich, Woche für Woche, Monat um Monat, ein ganzes Jahr und immer weiter.

In der Stadt am Waldrand gibt es viele Nachrufe, sie wispern so laut und klagend auf dem Papier der Zeit, dass sie bis hinüber zu der Stadt am See dringen. Doch während dort der neblige Schleier eine Verbindung von beiden Welten erlaubt, kann keiner in der Stadt am Waldrand bis in die Weiten der Stadt am See blicken.

Einstweilen ist es grau und düster in dieser viel zu großen befremdlichen Stadt. Einsamkeit huscht durch die Straßen, Verlorenheit macht sich breit. Aber da hier die Zeit regiert, und da sie reagiert – auf jedes Geschehen, auf jeden Fehler, auf jeden Verlauf –, geht es trotzdem immer vorwärts. Kein Schmerz, der nicht wächst oder sich verringert, keine Angst, die nicht angreift oder sich zurückzieht. Kein Moment, der unverändert im Mittelpunkt steht. Keine Träne, die niemals trocknet, kein Lächeln, das für immer bleibt.

Alles im Wandel, alles im Umbruch.

Alles im Rhythmus der tragenden Zeit.

Die Stadt am Waldrand gründet auf den menschlichen Mechanismen der umständlichen Beständigkeit. Hier wird zum einen gemessen, zum anderen gefühlt. Eine Minute ist eindeutig eine Minute, wird niemals mehr sein oder weniger. Sechzig Sekunden sind eine Minute, werden niemals mehr sein oder weniger. Und doch kann eine Minute sich anfühlen wie die Ewigkeit, und eine Stunde kann verstreichen, als dauerte sie keine Minute. Denn abhängig von Ursache und Wirkung verändert sich das menschliche Empfinden, und somit das Wahrnehmen der Zeit. So kommt es hin und wieder vor, dass ein bestürzter

Blick auf eine beschlagene Uhr geworfen wird, weil sie aus irgendeinem Grund nicht richtig zu funktionieren scheint.

Die Stadt am Waldrand ist viel größer als die Stadt am See. Aber sie ist nicht halb so tiefgründig, nicht halb so weit, nicht halb so weise und nicht halb so vollkommen wie die am See. Die Stadt am Waldrand hat unzählige feste Regeln, von denen viele nicht eingehalten werden, weil sie von denselben Menschen, die sie entworfen haben, im gleichen Augenblick wieder verworfen werden. Genau so, wie dieselben Menschen, die sich darum bemühen, diese Stadt vor dem Verfall zu retten, sie ohne nachzudenken zerstören.

Die Stadt am Waldrand wächst an ihren Fehlern, aber die riesigen Wolkenkratzer im Zentrum versperren die Sicht. Die Stadt am Waldrand stürzt ein, weil der Boden erschüttert, bei jedem Sprung, den jemand aus einem Fenster macht. Und doch hat sie ihren Zauber, diese wundervolle Stadt. Denn jeder, der schon einmal die geheime Lichtung im Wald gefunden hat und zwischen den drei mächtigen Bäumen der Zeit verweilen durfte, jeder dieser Menschen weiß: Diese Stadt ist nur ein winziger Ort in einer riesigen Welt, die irgendwo einen Anfang hat und ein Ende, das irgendwo hinführt.

Die Stadt am Waldrand. Früher gab es hier viele kleine Fachwerkhäuser mit hübschen Giebeldächern, umgeben von Büschen und Bäumen und blühenden Sträuchern, doch mittlerweile ist der Wald nichts weiter als ein fast vergessenes Randgebiet. Ab und zu verirrt sich ein Reisender an diesen Ort und fragt, warum ausgerechnet eine Stadt wie diese einen so schönen Namen trägt. Aber diese Frage bleibt unbeantwortet. Die Bewohner zucken nur mit ihren Schultern und schieben es auf die Zeit, die sich verschoben haben muss, irgendwo in diesem Gefüge.

Ja. Die Stadt am Waldrand.

Sie türmt sich bis hoch hinauf in den Himmel, aber wie die Luft zwischen den Wolken tanzt, kann keiner sehen. Und falls es doch irgendwer sieht, das Lichtspiel in der Ferne, das Rauschen in der Nacht, das Fallen der ersten Regentropfen und das Funkeln in jedem Augenblick – dann bewahrt er dieses Geheimnis für sich.

Die Stadt am Waldrand, die Stadt der Zeit. Hier sterben jeden Tag Menschen. Und jeden Tag werden neue geboren. Hier bleibt nichts und niemand für immer. Hier gibt es keinen einzigen Tag ein zweites Mal.

Hier endet alles.

Alles und nichts.

Teil 1

Zeit

1

Jenny Emmet, vierzehn Jahre alt, bernsteinfarbene Zauberaugen, lange rötliche Haare, papierweiße Haut. Sie ist auf dem Weg zum Schlosspark, um die Enten zu füttern. Es regnet, aber das stört sie nicht. Ihr hellblaues Kleid ist längst durchnässt und klebt an ihrem zierlichen Körper wie eine zweite Haut. Andere Menschen eilen an ihr vorbei, Regenschirme in den Händen, Kapuzen auf dem Kopf, so dass man sie kaum erkennen kann. Einige von ihnen werfen Jenny windschiefe Blicke zu. Es gehört sich nicht, in einem kurzen Kleid durch den Regen zu spazieren.

Barfuß.

Mitten in der großen Stadt am Waldrand.

Aber Jenny ignoriert die Blicke. Sie ist es gewohnt, angestarrt zu werden. Das ist ihr längst egal. Außerdem mag sie das Gefühl von dem nassen, kühlen Stoff auf ihrer glühenden Haut. Sie streicht sich eine Haarsträhne aus dem Gesicht und denkt einen Moment über das Fieber nach. Es ist unsichtbar, man sieht es ihr nicht an. Ihre Wangen sind weiß, genau wie ihre Stirn und ihre dürren Arme. Sie ist Schneewittchen mit rotem Haar. Denn das Fieber ist ruhig, es lodert nicht heiß wie Feuer; es ist leise knisternd, lautlos flüsternd. Jenny kennt es schon seit Jahren – sie ist aufgewachsen mit diesem unbändigen Flammenmeer. Es wohnt in ihrem Körper, es nagt an ihrer Seele, es frisst ihren Verstand, bis sie müde wird von jedem Gedanken.

Aber Jenny ist stark. Sie hat schon als kleines Kind gelernt zu kämpfen. Und sie weiß, dass sie niemals damit aufhören wird. Denn Jenny liebt das Leben. Aufrichtig und unvoreingenommen. Sie ist nicht leicht zu verletzen, sie ist nicht nachtragend, sie ist nicht aufbrausend oder bösartig im Zorn.

Sie ist alles das, was niemand sieht.

Der nicht erkennt.

Jenny spürt jeden einzelnen Luftzug auf ihrer Haut tanzen. Sie hört das Gras flüstern. Sie sieht das Licht im Himmel seine graublauen Bilder zeichnen, mit weißem Hintergrund oder stürmischen Nachtgewändern. Und auch auf dem Boden sieht Jenny die Regenpfützen, die alles widerspiegeln, was am Himmel steht, die alles auffangen, was vom Himmel fällt; die alles in sich tragen – die Zeit, die Geheimnisse, die fließenden Erinnerungen.

Jenny versteht jeden Satz, den man zu ihr sagt. Auch wenn sie manchmal keine Antwort gibt. Jenny versteht jedes Schweigen, mit dem man ihr gegenübertritt, auch wenn sie manchmal zurückschweigt. Sie gibt keine falschen Versprechungen, sie schenkt keine leeren Hoffnungen, sie lügt nicht, um die Wahrheit zu bestreiten.

Sie ist beständig in ihrem Fortlauf.

Beständig in ihrem Voranlaufen.

Jenny mag Orangen im Winter, Butterbrote im Frühling, Johannisbeeren im Sommer und Schokolade im Herbst. Ihr Körper ist weich und kühl und zart wie der einer Elfe. Wenn man sie berührt, bekommt sie Gänsehaut, weil ihre Empfindlichkeit größer ist als ihr Empfindungsvermögen. Ein Schauder durchströmt ihr Bewusstsein, ein Stromschlag versetzt sie in Trance, und kurz darauf verschwindet sie hinter einer gläsernen Wand, die noch nie ein Mensch durchdrungen hat. Denn wenn es eines gibt auf dieser unerschrockenen Welt, vor dem Jenny Angst hat, dann ist das menschliche Nähe. Sie hat sich noch nie an einen Augenblick gebunden, der einem anderen gehört. Sie hat noch nie in einem Raum verweilt, der nicht ausreichend Platz für ihre Stille gewährt. Und obwohl sie manchmal einsam ist und davondriftet, weg von dem Dasein, das ihr gehört, möchte sie sich nicht verlieben.

Niemals. Das hat sie sich geschworen.

Jedes Jahr aufs Neue.

Mit jedem Lichtrausch.

In jeder Silvesternacht.

Denn Jenny hat Angst davor, irgendjemanden zu nah an sich heranzulassen; so nah, dass er verletzt werden könnte, und sie auch. Dabei ist ihr Herz größer und umfangreicher als jede Zeit, die sie benennen kann.

Jenny Emmet. Sie verlässt die Straße und betritt die Ausläufer des Schlossparks. Die weißen Säulen am Zugangsportal verstecken sich unter Efeuranken und einer zerrissenen, bunten Kindergirlande, die irgendwer dort vergessen haben muss. Hier werden ständig

Geburtstage gefeiert, so viele, dass die Zahl der Sterbenden unberechenbar wird.

Jenny klettert auf eine alte Steinmauer, um darauf zu balancieren, so wie sie es als kleines Kind gerne getan hat. Sie streckt ihre Arme aus, tastet nach der Luft und dem darin gefangenen Wind. Sie atmet Kieselsteingeflüster ein und den Geruch von ertrinkenden Dornenhecken. Der Regen rinnt über Jennys Gesicht, über ihren Nacken, den Rücken hinab, über ihre Beine bis hin zu ihren nackten Zehen. Die rauhen Mauersteine fühlen sich fremdartig an, und trotzdem sind sie ihr vertraut.

Als junges Mädchen hat Jenny jeden Tag in dem großen Park am Schloss gespielt. Sie ist über jeden Baumstamm und jede Mauer balanciert, die sie finden konnte, und ihre Mutter hat jedes Mal ihre Hand gehalten, damit sie nicht stürzt oder fällt. Aber Jenny ist nie gefallen. Sie war schon immer gut darin, das Gleichgewicht zu halten, sie hat nie eine unbedachte Bewegung in die falsche Richtung gemacht. Sie hat sich immer vorangekämpft. Der davonhastenden Zeit ihres Lebens hinterher.

Jenny Emmet. Das einzige Wintermädchen im Frühlingspark. Sie steht lächelnd unter einer Trauerweide, ganz in der Nähe vom Schlossteich. Um sie herum freuen sich ein paar Enten und schnappen aufgeregt nach dem zerrupften Brot. Es ist bald verschwunden, denn Jenny hat nur eine kleine Papiertüte mitgebracht. Aber die Enten bleiben trotzdem, sie quaken sich an und lassen sich gemächlich zu Jennys Füßen nieder. Sie mögen dieses stille Mädchen. Sie mögen den unsichtbaren Raum, der sie umgibt. Und sie mögen den Regen – die prasselnden Tropfen, das raschelnde Gras. Ja. Sie mögen diese Tageszeit, zu der keine kleinen Kinder an ihren Federn ziehen und mit Erdklumpen und Ufersteinen nach ihnen werfen. Wenn es nach ihnen ginge, dann könnte dieser Augenblick auf ewig verweilen. Aber auch wenn er vorbeigeht, werden sie zufrieden sein. Denn ein neuer Regen wird kommen. Und auch das Gras wird wieder rascheln.

Zeit kommt. Zeit geht.
Zeit kommt erneut.
So einfach.
Ist dieses Gefüge.

Die Enten laufen davon, weil ein Hund bellt. Jenny blickt ihnen nach, bis sie nicht mehr zu sehen sind. In ihrem Kopf wird es Winter, dabei ist es noch lange hin bis zum Herbst, der Sommer hat gerade erst begonnen. Aber Jennys Gedanken zittern. Sie ist müde. So unendlich müde. Seit vielen Jahren schon. Ihre Beine sind schwach, wie die einer alten Frau. Ihre Augen klappen zu, obwohl sie so viel sehen möchte. Ihr Herz holpert durch den Tag, rattert durch die Nacht, weckt sie am Morgen mit einem unruhigen Schlag und versinkt gurgelnd im Verlauf des Nachmittags.

Jenny Emmet.

Mädchen im Regen, Mädchen im Schnee.

Es ist Schönheit, sie zu betrachten. Es ist Glück, sie zu kennen. Es ist Leichtigkeit, ihre Bewegungen nachzuvollziehen. Es ist ein Wunder, dass es sie noch gibt.

Sie steht dort, regungslos im Regen und fühlt das Gras unter ihren Füßen, es kitzelt zwischen ihren

Zehen, es ruht sanft unter ihren Fersen und verspricht ihr ein Stück dieser tragenden Beständigkeit.

Sommergewittertosen erklingt aus der Ferne.

Wolkenumbruchwinde zerren an der Zeit.

Ein Lichtnebel umhüllt die Stille.

Was mehr. Könnte dort sein?

Jenny ist mutterseelenallein an diesem Ort, jedenfalls denkt sie das. Aber auf einem Baum, nicht allzu weit von ihr, sitzt ein Junge und hält sich an diesem Augenblick fest. Er sieht Jenny unter der Trauerweide stehen und möchte weinen, obwohl er nicht weiß, warum es ihn traurig macht, dieses wunderschöne Mädchen anzusehen. Gleichzeitig möchte er lächeln, weil der Regen so herrlich auf ihre nackten Schultern fällt, während der Wind mit ihren durchnässten Haaren spielt und die langen Fangarme der Trauerweide sie umtanzen.

Als Jenny aufschaut, treffen ihre Augen den Blick des Jungen. Sie fragt sich, warum er alleine zwischen den dichten Zweigen des Baumes sitzt.

Mitten im Regen.

In der Unbeschreiblichkeit.

Dieser verschwommenen Eindrücke.

Jenny hat den Jungen noch nie zuvor gesehen, aber die Stadt ist groß, es gibt viele Menschen, denen sie noch nie begegnet ist. Und der Junge ist klein und schmächtig, er ist leicht zu übersehen. Er ist zwei oder drei Jahre jünger als Jenny, aber seine Augen sind nicht kindlich. Einen Moment lang möchte sie zu ihm hinübergehen und sich neben ihm auf dem Ast niederlassen. Vielleicht würde es sich gut anfühlen.

Nicht mehr alleine zu sein.

Aber Jenny ist zu müde, um auf den Baum zu klettern. Und außerdem muss sie zurück nach Hause. Ihre Mutter wird gleich von der Arbeit kommen, und sie wird sich Sorgen machen, wenn die jüngste von ihren drei Töchtern bei dem aufkommenden Sturm nicht zu Hause ist.

Jenny wendet ihren Blick von dem Jungen und sieht hinauf zu dem dunklen Himmel. Ihre Gedanken fallen aus dem Zeitrahmen der umrandeten Realität. Sie sieht Winterwolken und Weihnachtslichter; Zimtsterne regnen auf sie herab, Schneeflocken verfangen sich in ihrem Haar, Eiskristalle wachsen auf dem Gras unter ihren Füßen. Die Enten verwandeln sich in Schneehasen und verschwinden in kleinen Iglus am Rande des Schlossparks. Der Teich versinkt unter einem Spiegel aus Eis und toten Fischen. Schneegewänder legen sich über die kahlen Äste, Eiszapfen umzingeln die frostigen Schatten der wintergrauen Nebelschwaden, und die Luft verändert den Klang ihrer lautlosen Sprache. Ja. Der Sommer ist verschwunden; zumindest in Jennys erfrorener Befindlichkeit.

Es ist so kalt auf einmal.

So furchtbar kalt.

»Dort oben«, flüstert Jenny in den windigen Sturm. »Dort oben fällt der Schnee.«

Sie bekommt keine Antwort.

Also schließt sie ihre Augen und weint.

Kurz darauf öffnet sie ihre Augen wieder und lächelt.

Dann dreht sie sich um und rennt davon.

Durch den Park, über die Straßen.
Die Stadt entlang.
Bis nach Hause.

Jenny Emmet. Vierzehn Jahre alt. Das blasseste Mädchen in der Stadt am Waldrand, das zierlichste Wesen auf den Mauern und Baumstämmen im Schlosspark.

Sie hat Krebs im Endstadium.

Sie wird sterben.

Heute.

An diesem Tag.

2

Martin Grey. Er steht auf einem Fensterbrett im vierundvierzigsten Stock eines Wolkenkratzers und genießt den Ausblick. Er hat keine Höhenangst, und auch der übermütige Wind jagt ihm keinen Schauer über den Rücken. Es ist ein wundervoller Genuss, dort oben zu stehen, weit weg von den überlaufenen Straßen, den hupenden Autos und den bellenden Hunden.

Martin Grey lächelt. Es wäre der schönste Augenblick seines Lebens, wenn nicht auf einmal all diese Menschen gegen seine Bürotür hämmern und hysterisch herumschreien würden.

Was für ein Aufstand.

Nur weil er dort oben steht.

Dabei wollen sie doch alle hoch hinaus, die flatterhaften Menschen mit ihren dürren Armen. Aber vor der Weitsicht verschließen sie ihre Augen. Sie stehen vor einer Wand und suchen einen Vorwand, um auf die andere Seite zu kommen. Sie reden großspurig vom Wandel der Zeit und verwandeln ihre Gedanken noch vor dem ersten Richtungswechsel in eine Einbahnstraße.

Ja. Martin Grey findet die Menschen sehr seltsam. Sie stehlen sich gegenseitig die Zeit, nur um anschließend ihre Uhren miteinander zu vergleichen und die Zeiger bis auf den Sekundenschlag genau zu synchronisieren. Sie brauchen einen Zeitrahmen, sonst wissen sie nicht, wie groß die Leinwand ist, auf der sie ihre Bilder malen sollen. Und wenn sie nicht genau wissen, was sie sollen, dann wollen sie wissen, warum sie nicht wissen, was sie wollen, und wenn es ihnen keiner sagt, dann fragen sie, wofür sie denn bitte schön irgendetwas wollen sollen, wenn sie nicht einmal wissen sollen, warum sie nicht wissen, was sie wollen.

Martin Grey grinst.

Solche Sätze wandern ständig in seinem Kopf umher. Er könnte den ganzen Tag sinnlose Sinnbilder der Menschheit an seine Gehirnwände zeichnen, und sie anschließend anstandslos mit dem Abdeckstift der Zeit auslöschen. Er findet es bemerkenswert, dass Menschen ihr Leben lang sehnsüchtige Blicke auf diejenigen werfen, die auf den Ranglisten der messbaren Werte über ihnen stehen; aber auf ihre Konkurrenten, die sie im Wettlauf um Ruhm und Geld hinter sich gelassen haben, blicken sie selten zurück – von denen wird schließlich erwartet, dass sie ihrerseits nach oben schauen.

Was für ein grandioses Schauspiel.

Jeder Blickwinkel scheint spitz auf sich selbst zuzulaufen, oder möglichst weit von sich weg. Rechtwinklig dem Unrecht entgegen oder gleichschenklig der Ungleichheit des Verantwortungsbewusstseins eines jeden Gewissens hinterher.

Martin Grey lacht darüber.

Es war noch nie anders in der Stadt am Waldrand, und es wird auch niemals anders sein. Menschen tun merkwürdige Dinge zu merkwürdigen Zeiten, und ganz besonders merkwürdig ist dieser Moment. Da trommelt doch tatsächlich der Typ vom Büro rechts neben Martin Grey an die Wand und fleht ihn an, nicht zu springen. Dabei hat der Kerl ihn vorher noch nie angesehen. Er hat ihn niemals gegrüßt, er hat ihm nie zugenickt, und er hat sich nicht einmal bedankt, als Martin Grey ihm letztes Jahr einen Weihnachtsmann auf seinen Schreibtisch gestellt hatte, genau so, wie er es auch im Jahr davor getan hatte, und in dem Jahr davor und in jedem anderen der sieben Jahre auch, in denen Martin Grey nun schon bei *Hustle&Winner*, der größten Versicherungsgesellschaft in der Stadt am Waldrand, arbeitet.

Martin Grey sind solche kleinen Gesten wie die mit dem Schokoladenweihnachtsmann wichtig. Er will nicht in einem unpersönlichen Gebäudekomplex arbeiten, den ganzen Tag am Telefon hängen, und am Abend nach Hause gehen, ohne wenigstens ein paar seiner Kollegen beim Namen zu kennen. Und so hat Martin Grey also eines schönen Wintertages damit angefangen, in der Weihnachtszeit zweihundertvierzehn Weihnachtsmänner an den Arbeitsplätzen von *Hustle&Winner* zu verteilen. Und jedes Jahr sind es im Schnitt drei Kollegen mehr, die sich bei ihm dafür bedanken und das Einwickelpapier nach dem Verzehr im Mülleimer und nicht durch einen Wurf aus dem Fenster entsorgen.

Es ist ein ziemlich albernes Umfangen.

Aber umfassend ist es auch.

Und so ist Martin Grey mittlerweile mehr oder weniger dafür bekannt, dass er der merkwürdige Typ mit den Weihnachtsmännern und der höchsten Versicherungsaufschwatzrate ist. Alle mögen ihn. Denn er ist der Einzige, der jeden grüßt, der ihm im Flur begegnet, und er ist der Einzige, der immer gute Laune hat, auch dann noch, wenn keiner zurückgrüßt.

Aber nun steht Martin Grey auf seinem Fensterbrett im vierundvierzigsten Stock des Hochhauses, in dem *Hustle&Winner* dreieinhalb Büroetagen für sich beansprucht, und keiner weiß, warum.

Martin Grey hingegen weiß nicht, warum sich alle so aufregen. Was denken diese Menschen bloß? Wenn er vorhätte, sich umzubringen, dann würde er doch einfach springen, und nicht lächelnd dort oben stehen und die wunderbare Aussicht genießen. Außerdem wäre es heuchlerisch, Lebensversicherungen zu verkaufen, nur um anschließend mit dem Tod zu fusionieren.

Martin Grey breitet seine Arme aus. Er fühlt sich frei wie ein Seeadler, stark wie ein Bussard, und überhaupt ist er ein Star. Das nervenbetäubende Trommeln gegen seine Bürowand hat er längst ausgeblendet, und auch die sorgenvollen Rufe vor der Tür vernimmt er nur noch aus der Ferne. Unter ihm auf der Straße haben sich einige Menschen versammelt, sie winken zu ihm hoch, gestikulieren, als wollten sie ihn auffordern herunterzukommen. Martin Grey kann sich ein Grinsen nicht verkneifen, er findet, dass ein Selbstmörder diese Aufforderung durchaus falsch verstehen könnte.

Oder ob sie ihn auffangen wollen?

Ob wildfremde Menschen sich wirklich zusammentun. Um einen weiteren fremden Menschen vor dem Verfall zu retten?

Martin Grey ist sich nicht ganz sicher, worauf er sich verlassen kann und wie viele Meter ihn von einer einschlagenden Antwort trennen. Er hat auch nicht vor, es auszutesten. Stattdessen wendet er seinen Blick von den winzigen Spielfiguren, die dort auf dem grauen Asphaltuntergrund herumzappeln, um sich auf die wesentlicheren Dinge der Welt zu konzentrieren, und das ist seiner Meinung nach so ziemlich alles, was möglichst weit weg von seinen Artgenossen stattfindet.

Martin Grey sieht die Berge. Sie sind so weit entfernt, dass man sie kaum erkennen kann, aber dennoch sind sie so gewaltig und erhaben, dass ihm ein kalter Schauer den Rücken hinunterjagt. Was sich wohl auf der anderen Seite befinden mag? Martin Grey weiß es nicht, denn sein Lebensraum führt von seiner Wohnung zum Büro, zum Supermarkt, zum Schlosspark, zum Kino und hin und wieder auch zum Sportplatz. Weiter ist er noch nie gekommen. Irgendwie hat es ihm bisher immer ausgereicht, dem gängigen Rhythmus der Zeit zu folgen, Schritt für Schritt, seinem vorgeschriebenen Lebenslauf hinterher.

Heute jedoch fühlt Martin Grey ein aufbegehrendes Pochen in seiner Brust, es tut nicht weh, und es beengt ihn auch nicht – aber es rüttelt übermütig an seinen Gedanken. Ja. Martin Grey steht nicht zum Sterben auf dem Fensterbrett. Er steht einfach nur dort, um den Wind des Lebens einzuatmen, dem Sommerhimmel nah zu sein, die Wolken zu zählen und das Licht der Sonne auf seinem Gesicht zu spüren.

Zeit umfängt ihn.

Zeit gibt ihn frei.

Zeit betäubt seinen Verstand.
Zeit weckt seine Geister.

Martin Grey. Sechsunddreißig Jahre alt, ungebunden, auf dem Fenster der Zeit balancierend, bester Freund eines bodenständigen Architekten.

Keiner weiß, was in ihm vorgeht, keiner weiß, warum er so ist, wie er ist. Aber alle sind erleichtert, als er sich noch ein letztes Mal in Richtung Universum streckt und anschließend zufrieden lächelnd von dem Fensterbrett zurück in sein Büro steigt.

Martin Grey. Zeitfänger und Wortakrobat.

Heute wird er aus einer Laune heraus seinen Job kündigen, und morgen schon wird er sich auf eine Reise durch die Welt begeben. Er wird die Stadt am Waldrand verlassen, ohne einen Blick zurück über seine Schulter zu werfen. Er wird davonspazieren, mit nichts weiter als einem Seesack, in dem sich ein Stift und ein leeres Buch befinden. Er wird nur von wenigen Menschen Abschied nehmen, aber er wird alles mitnehmen, was er unterwegs in seine Erinnerungen aufnehmen kann.

Martin Grey. Er wird die Stadt am Waldrand vermissen, denn er ist dort geboren, und er war noch nie zuvor an einem anderen Ort; aber er wird seinen Aufbruch trotzdem niemals bereuen.

Und er wird wiederkehren.

Eines Tages.

Mit einem Buch von unschätzbarem Wert und einem Bewusstsein, geprägt von unbeschreiblichen Erinnerungen. Martin Grey. Er wird anfangen zu erzählen, von den Abenteuern der See und den Geheimnissen der verborgenen Gebiete. Er wird Geschichten erzählen ohne Anfang, und Märchen ohne Ende. Er wird mit seinen anmutigen Worten kaputte Seelen flicken, er wird mit seinen verzauberten Sätzen offene Wunden verbinden.

Martin Grey. Wortfänger der Welten.

Geschichtenerzähler der Stadt am Waldrand.

Er wird die Lücken der Zeit schließen.

Für einen Freund, der alles verliert.

3

Liana Lake, zweiunddreißig Jahre alt, schulterlange braune Haare, regenblaue Augen. Ihr gehört ein gemütliches kleines Café mit hellgrünen Wänden in der Stadt am Waldrand. Sie ist jeden Tag dort und bietet Frühstück, Kaffee, Kuchen und vier verschiedene Tagesgerichte an. Nur am Mittwoch hat Liana immer frei, an diesem Tag übernimmt ihre Schwester den Laden, damit sie Zeit für ihre Tochter hat.

Lianas Mann ist zurzeit auf Geschäftsreise, das ist nichts Seltenes, er ist Angestellter einer großen Firma, die Radiotransmitter herstellt und weltweit verkauft. Aber er ruft jeden Tag an, um sich zu erkundigen, wie es seiner schwangeren Frau und seiner sechsjährigen Tochter Felicitas geht.

An diesem Tag sind die beiden bestens gelaunt, denn es ist Mittwoch, die Schule ist endlich vorbei, und Liana ist mit Felicitas im Wald unterwegs. Sie sind auf der Suche nach dem gefährlichen und furchtbar gefräßigen Kleeblattungeheuer und toben ausgelassen den Waldweg entlang. Ja. Heute haben sie alle Zeit der Welt – sie dürfen nur nicht auf die Uhr sehen.

Bis zum Einbruch der Dämmerung.

Gehört jede ungezählte Stunde ihnen.

»Bist du dir sicher, dass es dieses Kleeblattungeheuer überhaupt gibt?«, fragt Felicitas und blickt sich nachdenklich zwischen den blühenden Büschen um.

»Nein«, erwidert Liana lachend und streicht ihrer Tochter über das dichte Haar. »Aber du hast doch selbst gesagt, dass du in diesem Jahr noch kein einziges vierblättriges Kleeblatt gefunden hast, obwohl du sonst immer ganz viele entdeckst. Es kann also nicht mit rechten Dingen zugehen, und deshalb glaube ich, dass ganz bestimmt irgendein unheimliches Wesen unterwegs ist, das alle deine Glückskleeblätter auffrisst.«

»Und warum muss es ausgerechnet ein Ungeheuer sein?«, fragt Felicitas. »Kann es nicht ein Zaubereinhorn oder vielleicht eine Elfenprinzessin sein?«

»Ich weiß nicht«, erwidert Liana. »Brauchen Zaubereinhörner und Elfenprinzessinnen denn so viele Kleeblätter?«

»Klar!«, sagt Felicitas. »Für die Glückssuppe!«

»Zaubereinhörner kochen Suppe?«, fragt Liana überrascht.

»Aber natürlich, Mama!«, erwidert Felicitas. »Was sollen sie denn sonst essen?«

»Ich dachte da eher an Heu oder Gras«, sagt Liana nachdenklich, während sie sich schon einmal nach einem Zaubereinhorn und einer Elfenprinzessin umsieht.

»Einhörner sind doch keine Pferde!«, entgegnet Felicitas entsetzt. »Mama, du weißt ja echt gar nichts! Zum Glück hast du mich, damit ich dir alles beibringen kann, was du verpasst hast.«

»Ja, zum Glück habe ich dich«, stimmt Liana fröhlich zu und gibt Felicitas einen leichten Stupser gegen die Schulter. »Aber war meine Idee mit den gefährlichen und furchtbar gefräßigen Kleeblattungeheuern wirklich so abwegig?«

Felicitas denkt einen Moment nach, sie legt ihre kleine Stirn in Falten und balanciert grübelnd einen schmalen Grasstreifen am Waldweg entlang; dann lächelt sie plötzlich und dreht sich zu ihrer Mutter um.

»Nein, Mama, das war nicht ab vom Weg, sondern auf dem Weg.« Felicitas hüpft über einen Stein und dann weiter, über den nächsten. »Das war eine gute Phantasie! Wir können ruhig weiter deine Kleeblattungeheuer jagen, aber wir können ja nebenbei auch noch nach den Zaubereinhörnern und Elfenprinzessinnen Ausschau halten. Einverstanden?«

»Einverstanden!«, stimmt Liana zu. »Das machen wir. Aber woran erkenne ich denn die Zaubereinhörner? Sehen die genauso aus wie normale Einhörner?«

»Mama!«, ruft Felicitas entrüstet. »Es gibt keine normalen Einhörner! Es gibt nur Zaubereinhörner und Flugeinhörner.«

»Ach so«, sagt Liana. »Jetzt verstehe ich. Die Flugeinhörner sind dann wahrscheinlich die mit den Flügeln, richtig?«

Felicitas seufzt.

»War das schon wieder falsch?«, fragt Liana.

»Ja«, erwidert Felicitas und grinst. »Sie haben Propeller auf dem Rücken.«

»So, so«, sagt Liana und lacht.

»Ja, so ist das«, sagt Felicitas zufrieden und streichelt im Vorbeigehen ein Gänseblümchen und zwei kleine Sträucher.

»Dann haben die Zaubereinhörner wahrscheinlich

alle eine blitzförmige Narbe auf der Stirn und einen mit Phönixfedern gefüllten Zauberstab im Maul?«, will Liana weiter wissen. »Oder tragen sie lieber einen Tarnumhang?«

»Mama, du hast zu viel *Harry Potter* gelesen«, erwidert Felicitas kopfschüttelnd. »Du bist noch so jung, da kannst du dir ruhig deine eigenen Phantasien machen, ohne dabei für verrückt erklärt zu werden.«

»Ach ja«, sagt Liana und zwinkert ihrer Tochter zu, »das hätte ich fast vergessen.«

»Ist schon okay«, meint Felicitas gnädig. »Aber vergiss es nicht zu oft. Sonst kriegst du irgendwann Depressionen, wie die anderen erwachsenen Menschen.«

Liana Lake und ihre Tochter spähen hinter jeden Busch, suchen hinter jedem Stein und gucken zwischen alle Äste, ob sich dort irgendwo das Kleeblattungeheuer oder zumindest ein Zaubereinhorn versteckt. Aber die Wesen der Phantasie sind flink und schwer zu entdecken, und so müssen Liana und Felicitas schließlich einsehen, dass sie heute kein Glück auf ihrer Suche haben.

»Vielleicht sind mittwochs alle Zaubergestalten unsichtbar«, überlegt Felicitas.

»Das kann gut sein«, meint Liana.

»Dann müssen wir wohl am nächsten Feiertag wiederkommen«, sagt Felicitas fröhlich. »Oder du nimmst dir ab jetzt an einem anderen Wochentag frei.«

»Ja, das kriegen wir auf jeden Fall hin«, stimmt Liana zu. »Aber nun suchen wir uns erst einmal einen schönen Ort, an dem wir in Ruhe rasten können.«

»Okay«, sagt Felicitas. »Vielleicht treffen wir ja unterwegs noch zufällig eine Elfenprinzessin oder einen Blauwicht. Und weißt du was, Mama?«

»Was denn?«, fragt Liana.

»Das mit der Jagd nach dem Glückskleeblatt fressenden Ungeheuer ist eigentlich gar nicht so wichtig«, erklärt Felicitas schulterzuckend.

»Ach, nein?«, hakt Liana nach.

»Nein«, bestätigt Felicitas, »denn du hast ja mich – und du hast einmal gesagt, dass ich den Namen Felicitas bekommen hätte, weil er Glück bedeutet!«

Liana lacht und hebt ihre Tochter hoch, um sie durch die Luft zu wirbeln, bis alle Bäume und Büsche und Sträucher um sie herum sich in einen bunten Strudel aus vorbeifliegenden Farben verwandelt haben.

»Hey!«, ruft Felicitas nach einer Weile. »Mama, du bist doch kein Karussell! Mir wird ganz schwindlig! Mama! Hör auf! Du musst auf deinen Bauch aufpassen! Hast du schon vergessen – da ist doch das Baby drin!«

Liana stellt ihre Tochter zurück auf den Boden.

Dann gibt sie ihr einen Kuss auf die Stirn.

»Also komm, mein Glückskind«, sagt sie außer Atem. »Jetzt lass uns zurück auf den Waldweg gehen und nach unserer geheimen Zauberlichtung suchen.«

Felicitas nickt aufgeregt, streicht einmal kurz über den Bauch ihrer Mutter und flitzt kurz darauf los. Sie weiß ganz genau, wie man zu dem verzauberten Ort gelangt. Alle Kinder in der Stadt am Waldrand kennen den Weg, nur die Erwachsenen müssen sich ständig verlaufen. Auch Liana hat Mühe, Felicitas zu folgen – die Büsche ähneln einander, das Gestrüpp ist dicht und undurchsichtig, und ein riesiger Baum reiht sich an den nächsten. Aber da kommt Felicitas auch schon zurückgelaufen und fasst ihre Mutter an der Hand, so dass sie nicht verlorengehen kann.

Wenig später erreichen Liana und Felicitas die schönste Lichtung im ganzen Wald. Drei Bäume stehen dort und wachen über die weite Wiese und die angrenzenden Gebiete. Liana weiß, dass diese drei Bäume eine uralte Kastanie, eine sehr alte Eiche und eine greise Linde sind. Felicitas hingegen weiß, dass diese drei Bäume geheime Brüder sind, mit verschlungenen Wurzeln, verzauberten Blättern und tanzenden Glühwürmchen in ihren Stämmen.

Keine der beiden widerspricht der anderen.

Jede von ihnen kennt die Grenzen der Traumwelt.

Und die Schattenspiele der Phantasie.

Liana und Felicitas legen sich dicht nebeneinander auf das warme Gras, es flüstert ihnen Geschichten zu – von fortgelaufenen Tagen, von abhandengekommenen Stunden, von aufgeschobenen Minuten, von verzerrten Sekunden und von dem Auf- und Abbrechen der unbeugsamen Zeit.

Liana schließt ihre Augen. Ein seltsames Gefühl liegt über diesem Ort, es spricht von Abschied in einem schweigenden Wortspiel. Zärtlichkeit berührt ihr Gesicht, Anmut streicht über ihre Gedanken.

Aber dann, ganz plötzlich.

Ist all das vorbei.

Und die Stille kehrt wieder ein.

Liana öffnet ihre Augen und sieht sich um. Felicitas liegt neben ihr und deutet mit der rechten Hand auf eine Wolke am Himmel.

»Guck mal, Mama«, sagt sie. »Die sieht aus wie ein großer Vogel.«

»Ja«, bestätigt Liana. »Wie ein Kranich.«

Felicitas blickt eine Weile nachdenklich in den Himmel, und schließlich fragt sie leise flüsternd, als ob es um ein großes Geheimnis ginge: »Mama, meinst du, irgendwo in der Stadt am Waldrand liegen genau jetzt, in diesem Moment, noch zwei andere Menschen gemeinsam auf einer Wiese? Und wenn es so ist, meinst du, sie haben sich genauso lieb wie wir – für immer und alle Ewigkeit, so wie in den unsterblichen Märchen? Und erzählen sie sich ihre Träume, so wie wir? Reden sie von Hoffnung und von Glück? Und sehen sie auch den Kranich, der dort oben am Himmel fliegt?«

Liana lächelt und greift sanft nach Felicitas' Hand, um sie zu drücken.

»Ganz bestimmt«, flüstert sie dann. »Irgendwo in der Stadt am Waldrand liegen genau in diesem Moment zwei Menschen wie du und ich auf einer Wiese und betrachten den weißen Kranich.«

Liana Lake und ihre Tochter Felicitas. Sie werden noch eine ganze Weile auf der Zauberlichtung zwischen den drei Bäumen liegen. Erst wenn die Abenddämmerung hereinbricht, werden sie sich auf den Weg nach Hause machen.

Sie werden lächeln und sich an den Händen halten.

Sie werden nicht wissen, dass es der letzte Weg sein wird. Der letzte, den sie zusammen gehen. Denn schon am nächsten Tag wird Felicitas in den Fluss am Schlosspark fallen.

Und in der Strömung ertrinken.

Liana Lake. Es wird die schlimmste Zeit ihres Lebens werden, und dieser stechende Schmerz – er wird niemals wieder vergehen. Ihr Mann wird seine Geschäftsreise abbrechen und zu ihr nach Hause kommen, in die leere Wohnung, in diesen unendlich großen, leeren Raum. Sie werden beide stumm nebeneinander in dem verlassenen Kinderzimmer auf dem Bettrand zwischen Felicitas' Kuscheltieren sitzen und die bemalten Zimmerwände anstarren, auf denen ihre Tochter jedes Jahr einen bunten Handabdruck verewigt hat.

Liana Lake. Sie wird von nun an jeden Tag am Ufer des Flusses stehen und auf die glitzernde Oberfläche blicken, die in einer einzigen unbeobachteten Minute ihre Tochter verschlungen hat. Liana Lake. Die regungslose Frau am rauschenden Flussufer.

Aber in fünf Monaten.

Wird sie einen Sohn bekommen.

Sein Name wird Felix lauten.

4

Ein alter Mann sitzt auf seiner Veranda und blickt hinab auf die vorangehende Zeit. Er ist sich nicht ganz sicher, ob sie rennt oder stolpert, oder vielleicht gar nicht mehr von der Stelle kommt. Für einen winzigen Moment scheint es ihm, dass die Luft verharrt, dass sie dem allgemeinen Gefüge von Minuten und Stunden und dem Ablauf von Tagen und Wochen widerspricht – dass sie einfach nur existiert, um den Moment zu begrenzen.

Ja. Vielleicht ist das die Antwort.

Auf alle unerkannten Geschichten.

Ein Moment für sich gesehen.

Ohne Fragen über das Davor oder Danach. Keine Zweifel an dem großen Ganzen oder dem halben Wissen der geteilten Generationen. Einfach nur die Felder am Fluss, die befahrenen Straßen im Zentrum, die Berge in der Ferne, Schnee auf den Gipfeln, vorbeistreifende Wolken, Tiere im Zoo, Tiere in der Wildnis. Jeder dort, wo er hingehört. Jeder einsam, keiner allein, alle zusammen. Gegensätzlich, auf der gleichen Seite stehend, kniend vor dem Glauben, liegend unter dem Himmel. Unbegrenzt und doch dem Tod geweiht.

Vielleicht sind wir alle aus den Wolken gefallen.

Als ein lauter Knall uns aus den ewigen Träumen gerissen hat.

Der Mann seufzt. Seine Gedanken spielen mit Worten, sie verknüpfen Erinnerungen mit verschwommenen Bildern der Zukunft und verdrehen gegenwärtige Fragen, um Antworten auf die existenzielle Bedeutung der Bedeutungslosigkeit zu erhalten.

Was für ein Chaos.

In dieser verwegenen Ruhe.

Der Mann seufzt erneut. Nicht aus Enttäuschung oder als Zeichen der Verzweiflung. Er ist einfach nur ein sehr alter Mann, mit sehr alten Knochen und einem sehr alten Herzen. Seine Frau ist vor vielen Jahren gestorben, genau wie die meisten seiner Freunde und Bekannten; Kinder hat er auch keine, und so ist er ganz alleine auf der Welt. Manchmal ist er traurig deswegen. Aber nicht wirklich. Denn er mag die ruhigen Tage, die stillen Abende und die flüsternden Nächte. Er versinkt gerne in seinen Gedanken, verliert sich in den Abhandlungen der Mechanismen der Welt, der Überlagerungen einzelner Klänge der Verzweigung unendlicher Dimensionen und der Wahrhaftigkeit eines zweifelhaften Augenblicks, der nicht lügt, der nicht trügt, aber der zu unbegreiflich ist, um sich selbst zu bestätigen – obwohl er genau das tut, in dem Augenblick, in dem er geschieht. Nichts mehr kann die Zeit als bezeugen, was in ihrem Rahmen geschieht. Und es spielt keine Rolle, was im Nachhinein darüber erzählt und geschrieben wird. Jeder Bericht ist subjektiv; jeder Bericht spiegelt die Verfassung seines Verfassers wider. Und das Subjekt einer jeden Erzählung ist der Mensch, der sich mit Worten umhüllt, um seine Geschichte zu enthüllen.

Der alte Mann reibt sich über seine Stirn. Jede Bewegung nimmt er wahr, sein Körper wird immer gebrechlicher. Wie ein kleiner Junge, der auf unsicheren Beinen seine ersten Schritte macht, tastet er sich von seinem Schaukelstuhl zu dem kleinen Balkontisch, auf dem eine Tasse mit dampfendem Tee steht, und anschließend wieder zurück.

Er lässt sich erleichtert in die weichen Polster sinken. Er trinkt langsam, Schluck für Schluck, seinen Pfefferminztee, und denkt dabei weiterhin über die Wahrhaftigkeit des menschlichen Daseins nach. Aber alles, was er darüber weiß, ist simpel: Keine Wahrheit ist perfekt. Keine Wahrheit ist außergewöhnlich richtig. Keine Wahrheit ist fehlerfrei. Keine Wahrheit besitzt eindeutige Grenzen. Aber jede Wahrheit begründet sich selbst. Jede Wahrheit erkennt sich in dem Spiegelbild, das sie auf ihre eigenen Schatten wirft.

Der alte Mann zündet sich eine Zigarre an. Eigentlich raucht er nicht. Aber an diesem Abend fühlt er einen seltsam drängenden Sehnsuchtsschimmer in seiner Brust. Er erinnert sich an seinen Vater: ein guter Mann, ein ganzes Leben lang. Niemals untreu, niemals unpünktlich. Immer zuverlässig, immer aufrichtig, stets hilfreich und zuvorkommend. Er hat ihn gelehrt, wie man Frauen behandelt, wie man ihnen die Türen aufhält und wie man verhalten auf ihrer Türschwelle verweilt, bis man eines Tages eingelassen wird. Im Alter hatte er angefangen, Zigarre zu rauchen. Nicht oft. Nur hin und wieder, aber der alte

Mann denkt an seinen Vater und will den vertrauten Zigarrengeruch noch einmal in seiner Nase kitzeln spüren.

Nachdem er die Zigarre aufgeraucht hat, holt der alte Mann sich eine Decke aus der Wohnung. Es ist kalt geworden. Die Nacht ist hereingebrochen, die Straßen haben sich geleert. Der Mann lehnt sich einen Moment über die Brüstung. Sein zögerndes Herz schlägt gegen das kühle Metall. Er genießt das Gefühl. So lebendig hat er sich schon lange nicht mehr gefühlt. Er schließt seine Augen, er macht sie wieder auf, und plötzlich denkt er zurück an seine Mutter: eine gute Frau, ein ganzes Leben lang. Niemals untreu, niemals unpünktlich. Immer zuverlässig, immer aufrichtig, stets hilfreich und zuvorkommend. Sie hat ihn gelehrt, wie man das Leben behandelt, wie man Türen öffnet, für andere und für sich selbst; wie man gibt, ohne zu nehmen, und annimmt, ohne zu hinterfragen.

Was für ein Glück.

Wenn man die Gabe besitzt, Zeit aus Zeit zu ziehen, ohne an ihr zu zerren, ohne sie zu übereilen, ohne den Anschluss zu verlieren.

Der alte Mann fühlt die Nachtluft an seinem Nacken vorbeistreifen. Seine Augen haben sich an die Dunkelheit gewöhnt. Er kann alles sehen, was er sehen möchte. Und das, was er nicht sehen kann, das ist trotzdem irgendwo da. Er weiß, wie groß die Welt ist. Er weiß, wie viel er nicht weiß. Er kennt sich aus mit der Wissenschaft der Zeitlosigkeit; und gerade deshalb weiß er, dass er nichts über die Zeit weiß, das sie in ihre Schranken verweisen könnte. Er kennt ihre

Gnade und ihre Ungnade, er kennt die Ungeduld der ungewissen Minuten und das beharrliche Klopfen der stetigen Stunden.

Er hat sie alle gesehen.

Die schönen und die hässlichen Zeiten.

Er hat ihnen allen entgegengeblickt, er ist niemals davongelaufen. Kein einziges Mal in seinem langen Leben. Und dieses Leben hat es ihm manchmal nicht leichtgemacht – seine Frau hatte drei Fehlgeburten und war schließlich in tiefes Schweigen verfallen. Zwei Jahre lang hat sie kein Wort mehr gesprochen, hat nur existiert, ohne teilzuhaben an irgendetwas. Also hat er für sie gesprochen. In ihrem Namen. Ohne sie zu bevormunden. Mit der Achtsamkeit, mit der nur ein Mensch für einen anderen Menschen sprechen kann, der dessen Sprache auswendig beherrscht, ohne über sie zu herrschen. Und als seine Frau eines Tages wieder zurückgefunden hat, in die Welt der Klänge und Farben, da hat sie ihn eine lange Zeit einfach angelächelt, und dann hat sie sein weises Gesicht in ihre sanften Hände genommen und gesagt: »Danke.«

Mehr nicht.

Nur ein Wort.

Aber wenn man alles auf einmal sagen möchte, dann sagt man am besten nicht allzu viel. Sonst gerät man ins Straucheln oder ins Stammeln, oder man verrät das Ende vor dem Schluss. Ja. Im Labyrinth der Worte muss man behutsame Sätze vorwärts machen. Man darf nicht hasten, sonst verhaspelt man sich.

Man darf nicht rennen, sonst verrennt man sich.

Aber man darf schweigen.

Solange man die Stille sucht.

Der alte Mann blickt nachdenklich in die Nacht. In der Ferne sieht er die hell beleuchtete Fassade des Schlosses, am Himmel erkennt er das unscheinbare Licht einiger längst erloschener Sterne.

Was für ein schöner Abend.

Der alte Mann ist dankbar für diese Zeit.

Sein gutmütiges Herz schlägt einen beruhigenden Takt, er spürt das Echo in seinen Adern, er hört das Pochen in seinem lauschenden Gehör.

Wie die Zeit vergeht.

So gemächlich und gelassen.

Und doch so aufgeregt und flink.

Jeden Tag hat sie einen anderen Namen, jeden Tag erzählt sie eine andere Geschichte. Und trotzdem ist sie eins mit sich selbst, das Eine über allem anderen, einzigartig in jedem Augenblick, ewig für alle Gezeiten. Unerschöpft schöpft sie Ströme aus ihrem regelmäßigen Fluss, sie tanzt über Geröll, über Felsen, über Kieselsteine; sie mündet in Seen, windet sich durch Täler, verschwindet unterirdisch hinter einem großen Busch, taucht wieder auf, sammelt sich, verbündet sich, erreicht das Meer und breitet sich dort aus, in alle Richtungen und immer weiter.

Im Meer weiter.

Der alte Mann lächelt.

Er wird sie vermissen, diese Zeit.

Er wird ihrer gedenken, auch wenn sie ihm den Rücken zukehrt und ihre Reise ohne ihn fortsetzen wird. Denn es war schön, eine Weile lang ihr Begleiter zu sein.

Hand in Hand.

An ihrer Seite.

Der alte Mann hustet. Der Wind ist rauh und zerrt an der Luft; wie im Spiel wirbelt ein kleiner Sturm über die Dächer der Stadt am Waldrand. Er schlüpft zwischen den Häusern hindurch und breitet sich unermüdlich aus. Aber der alte Mann weiß: Wenn der tobende Sturm die geheime Lichtung im tiefen Wald erreicht, wird er ein letztes Mal aufgeregt umherwirbeln, und kurz darauf wird er sich erschöpft an die drei riesigen Bäume schmiegen und den Wind zurück in die sanften Hände der Luft legen. Die Wiesel und die Erdhörnchen werden sich zu dem schläfrigen Sturm gesellen, dort, unter der Kastanie, im schlummernden Gras.

Der Mann erinnert sich gut an den Wald, als Kind hat er oft dort gespielt. Er ist über Felder getobt, auf Bäume geklettert, zwischen Felsvorsprüngen verschwunden und die Hügel hinuntergerollt. Er war schneller als der Wind, geschmeidiger als die Luft, und er hat sie alle gekannt – jedes Wiesel, jedes Erdhörnchen und auch die vielen Maikäfer.

Aber das ist nun schon lange her.

Und der alte Mann weiß, dass er nicht mehr dorthin zurückkehren wird, nicht in dieser Zeit. Aber er weiß auch, dass er sie eines Tages wiedersehen wird, die kleinen Waldtiere und die großen Bäume. Denn dort, wo das Ende der Zeit und der Anfang der Welt sich überschneiden und gemeinsam in der Unendlichkeit verschwinden, dort, an diesem Ort – ist alles möglich.

Der alte Mann lehnt sich erleichtert zurück. Es ist gut, wie es ist. Es ist genau so, wie es sein soll. Der Rhythmus seines Herzens bestätigt diesen Verstand.

Und auch der Wind und die Luft verneigen sich vor ihm und verabschieden sich kurz darauf lautlos aus seinen Erinnerungen.

Denn es ist an der Zeit für die Nacht.

Ihre Gebiete an sich zu nehmen.

Der Schaukelstuhl auf der kleinen Veranda in der Stadt am Waldrand bewegt sich leise knarzend vor und zurück.

Vor und zurück. Vor und zurück.

Immer langsamer werdend.

Genauso wie der Atem des alten Mannes – immer ruhiger und ruhiger, bis hin zum ewigen Stillstand.

Der Mann und der Stuhl.

Und die Zeit.

5

Eine wunderschöne Frau in einem weißen Kleid mit weißen Schuhen schlendert über den großen Marktplatz. Unter ihrem Arm trägt sie einen Korb mit Gemüse, die Selleriestangen gucken oben heraus, und ein Bund frischer Möhren schmiegt sich eng an einen riesigen Blumenkohl.

Die Frau sieht jung aus, obwohl sie eine gelassene Reife ausstrahlt. Wie alt sie wohl sein mag? Die Männer, die ihr, fasziniert von ihren schlanken Fesseln, hinterherblicken, schätzen sie auf Anfang dreißig, die Frauen, die ihr neidische Blicke zuwerfen, flüstern: »Sie ist bestimmt schon vierzig. Sie hat nur Glück, dass sie von der Zeit verschont geblieben ist.«

Wie alt die junge Frau in Wirklichkeit ist, spielt keine Rolle – denn sie hat sich noch nie viel aus Zahlen gemacht. Sie unterrichtet Klavier und Violine an einer Musikschule für schwerbehinderte Kinder und kann sich nichts Schöneres vorstellen, als von einem anstrengenden, aber erfüllten Arbeitstag nach Hause zu ihrer Familie zu kommen. Sie liebt ihren Mann, obwohl er manchmal zu viel arbeitet und hin und wieder zu wenig lacht; und sie liebt ihren Sohn, obwohl er jeden Tag irgendein Geschirrstück zerdeppert und jede Nacht mit seinen eiskalten Füßen zu ihr unter die Decke gekrochen kommt.

Während die junge Frau über den Marktplatz spaziert, vorbei an dem alten Museum, und hier und da an einem Stand innehält, mit den Verkäufern plaudert, lacht und gestikuliert, erinnert sie sich an ihren letzten Urlaub in einer Stadt am Meer. Dort hatte sie sich in einem riesengroßen, mehrstöckigen und verschlungenen Buchladen verlaufen und war schließlich direkt aus der Fremdsprachenabteilung auf ein kleines Café mit Dachgarten gestoßen. Dieses Café hatte keine Wände, es war umrandet von Bücherregalen, und sogar neben der Kaffeemaschine, über dem Tresen, hinter der Kuchenvitrine und zwischen den Tellern und Tassen standen Bücher über Bücher, in allen Formen und Farben, bunt durcheinandergewürfelt. Sie hatte diesen Ort sofort geliebt. Er war ihr ans Herz gewachsen, noch bevor sie sich auf einem der hölzernen Stühle an einem der kleinen Tische niedergelassen und einen Espresso und ein Stück Nusstorte bestellt hatte. Von diesem Tag an war sie jeden Tag in dem Buchladen gewesen, hatte in dem Dachgartencafé ihre Nachmittage verbracht und jedes Mal zum Abschied ein Buch gekauft. Als sie schließlich nach einer Woche wieder zurück nach Hause zu ihrem Sohn und zu ihrem Mann gekehrt war, hatte sie sieben Bücher dabei und einen blauen Stoffelefanten. Ihr Sohn hatte sich voller Begeisterung auf den Elefanten gestürzt, und ihr Mann hatte währenddessen etwas verwirrt gefragt, ob sie denn ihre Zeit am Meer ausschließlich mit dem Kauf von Büchern verbracht hätte. Da hatte sie gelacht und ihm von dem abenteuerlichen Buchladen mit den Wendeltreppen, den winzigen Räumen, den großen Sälen und den langen Fluren erzählt – und natürlich auch von dem Café mit Dachgarten. Ihr Mann hatte sie geküsst, als sie ihm alles erzählt hatte, was in ihrer Erinnerung verfangen war. So innig wie schon lange nicht mehr.

Ja. Es war ein schönes Nachhausekommen gewesen. Nach einer schönen Reise. Mit einem Koffer voll schöner Geschichten.

Die junge Frau auf dem Markplatz. Ihr weißes Kleid flattert im Wind, ihre weißen Schuhe verursachen leise klickende Geräusche auf dem steinigen Boden. Sie erledigt ihre letzten Einkäufe, wirft einen Blick auf den ordentlich geschriebenen Zettel, den sie mitgenommen hat, um nicht wieder die Hälfte zu vergessen, so wie sie es oft tut, wenn ihre Gedanken sich in den Weiten des Rückblicks der Vergangenheit verlieren.

Aber diesmal hat sie an alles gedacht, sogar die Süßkartoffeln hat sie bekommen.

Die Frau streicht sich ein paar verirrte Strähnen aus ihrem hübschen Gesicht, dann winkt sie den Kindern auf dem Spielplatz zu, grüßt den fröhlich klingelnden Eismann mit seinem Wagen, und biegt kurz darauf in eine ruhigere Seitenstraße ab. Von hier führt ihr Weg weiter, an den vielen kleinen Geschäften vorbei, hinten um den Schlosspark herum, über die schiefe Flussbrücke, an dem verbogenen Einbahnstraßenschild vorbei und weiter in Richtung Waldrand.

Sie lächelt vor sich hin.

Die Sonne umspielt ihr Gesicht.

Alles ist still und erfüllt von Geborgenheit.

Bis auf einmal ein schwarzer Kleintransporter neben ihr hält, die Tür aufgerissen wird und zwei Männer sie in den Laderaum zerren. Sie versucht aufzuschreien, aber sofort presst sich eine Hand auf ihren Mund. Sie versucht sich zu wehren, aber schon wird eine Spritze in ihren Arm gestochen.

Sie versucht zu entkommen.

Aber es ist längst zu spät.

Und das Letzte, was sie sieht, ist der Korb, der ihr aus den Händen fällt. Das Letzte, was sie erkennt, ist das Durcheinander von Obst und Gemüse, das über den Gehweg rollt, über die Bordsteinkante, bis hinunter auf die Straße.

Die junge Frau in dem weißen Kleid mit den weißen Schuhen. Von nun an sieht sie nur noch Dunkelheit und gedämpftes Kellerlicht. Sie sieht die verlorenen Farben der Zeit, die vergessenen Mädchen der allgegenwärtigen Stille, die verkauften Frauen der Stadt am Waldrand und die Gewalt in den entblößten Gesichtern der Gewissenlosigkeit. Sie lernt die schwarzen Nächte kennen, die dunklen Schatten, die düstere Angst, das grauweiße Dahingleiten zwischen leeren Gedanken.

Männer wälzen sich auf ihr herum.

Zerren an ihren Brüsten.

Bohren sich tief in ihren Verstand.

Die junge Frau mit dem weißen Kleid und den weißen Schuhen. Mittlerweile ist sie nackt und barfuß. Aber es ist schon so lange her, dass sie entführt worden ist, dass sie längst vergessen hat, wie es sich angefühlt hat, ein Mensch zu sein. Sie hat sich daran gewöhnt, barfuß zu laufen und am Abend die Splitter der Zeit aus ihren Fersen zu ziehen. Sie hat sich daran gewöhnt, nackt zu sein und unbedeckt.

Sie kennt jeden Winkel in diesem Raum.

Sie hat an jedem verschlossenen Fenster gerüttelt.

Sie hat an jeder unbeweglichen Türklinke gezerrt.

Sie hat alles versucht und mehr.

Aber sie wird niemals.

Entkommen.

Die junge Frau ohne Kleider. Sie ist dankbar, als es endlich vorbei ist. Sie ist dankbar, als das Ende ihrem Namen ein immerwährendes Bekenntnis zuspricht.

Sie denkt ein letztes Mal an ihren Mann und an ihren Sohn. Sie ist traurig, weil sie weiß: Sie wird die beiden nie wiedersehen.

Aber so verläuft das Leben. Es geht vorbei.

Und Zeit kommt nie wieder zurück.

Nicht hier. In dieser Stadt.

Am Waldrand.

6

Ein junges Mädchen steht in einem fremden Raum und hält die Luft an, um nicht zu ersticken. Der mürrische Mann, der neben ihr steht, betrachtet unbewegt ihren regungslosen Brustkorb.

»Dein Bett«, sagt er schließlich und zeigt auf einen wackligen Holzrahmen mit einer unbezogenen Matratze, der in der hintersten Ecke des kleinen Zimmers steht. Das Mädchen blickt sich unsicher um, auf der anderen Seite, direkt unter dem Fenster, steht noch ein weiteres Bett.

»Da schläft Josh«, sagt der Mann.

Dann mustert er sie erneut mit einem geringschätzigen Blick und überlegt anscheinend, was es noch zu sagen gibt. Schließlich fragt er mit einem ungeduldigen Tonfall in seiner ohnehin schon rauhen Stimme: »Hast du Hunger?«

»Nein«, antwortet sie und schüttelt ihren Kopf. Sie versucht sich daran zu erinnern, wie es sich angefühlt hat, hungrig zu sein, aber sie weiß es nicht mehr. Ihre Empfindungen sind taub, betäubt durch einen Schmerz, der größer ist als alles, was sie kennt.

Ein einziges Gefühl ist geblieben.

Es ist leer und gleichgültig, beständig, niemals schwankend, nicht erdrückend, nicht überwältigend, aber trotzdem so viel stärker als jeder andere Teil von ihr.

Vielleicht ist es einfach die ohnmächtige Leere.

Oder das riesengroße schwarze Loch in ihr.

Sie weiß es nicht.

»In den Schrank da drüben kannst du deine Kleidung packen, Josh hat dir die Hälfte freigeräumt«, sagt der Mann unwirsch. »Falls du Bücher hast oder solchen Kram, stell einfach alles mit in sein Regal, da ist ausreichend Platz. Das Bad ist gegenüber, und wenn du doch noch Hunger bekommst, geh in die Küche und hol dir etwas aus dem Kühlschrank.«

Das ist alles.

Mehr hat er ihr nicht zu sagen.

Ohne ein weiteres Wort verlässt er das Zimmer.

Und sie weiß: Sie ist nicht willkommen. Sie ist eine Last.

Ein Eindringling in eine besetzte Welt.

Die Zeit zieht dahin und zerrt sie mit sich. Unsanft und ungeduldig. Aber sie weigert sich nicht, sträubt sich nicht, lässt sich einfach von Sekunde zu Sekunde schieben, über Minuten stolpern, durch Stunden fallen.

Und irgendwo aufschlagen.

In dieser Einöde.

Sie steht da, in dem fremden Zimmer, mit ihrem Kaktus in der Hand und weiß nicht, wohin mit sich selbst. Schließlich setzt sie sich auf das Bett – auf ihr neues Bett – und sieht sich schweigend um. Alles ist schlicht und ordentlich. Außer den beiden Betten, dem Schrank und dem Regal steht nur noch ein Schreibtisch mit zwei Stühlen in dem Zimmer. Die Wände sind weiß, keine Bilder, keine Poster – nur ein kleiner zerrissener Zettel hängt über dem Bett am Fenster: »Fear can hold you prisoner. Hope can set you free.«

Sie kennt den Film, aus dem diese Worte stammen.

Sie hat ihn vor einigen Jahren gesehen.

Damals.

In einem anderen Leben.

Auf dem Bett liegt Wäsche, ganz in Grau. Sie steht auf, um das Bett zu beziehen. Das Laken ist eingelaufen, und nur mit Mühe gelingt es ihr, den Stoff über die Matratze zu spannen, ohne dass er zerreißt. Aber sie ist geduldig, und ihre fließenden Bewegungen sind achtsam, wie sie selbst. Die Bettdecke ist klumpig und kratzt, aber das ist ihr egal. Sie nimmt es wahr, doch nur für den flüchtigen Hauch einer Empfindung – irgendwo zwischen Gehirn und Gefühlen geht alles verloren.

Sie stellt ihren Kaktus auf das Fensterbrett, er passt nicht in diesen Raum, er sieht einsam aus. Aber sie kann ihm nicht helfen.

Ihr Kopf dröhnt. Nicht laut und tosend wie die rotierenden Blätter eines Helikopters, sondern dumpf und widerhallend wie ein Schneepflug auf einer gepflasterten Straße. Alles dreht sich. Die Zeit um die Welt, die Welt um die Zeit, jeder Augenblick um ein Geschehen, jedes Geschehen um einen Augenblick. Alles wendet sich ab. Die Zeit von der Vergangenheit, die Gegenwart von dem Geschehenen, die Zukunft von allem, was nicht mehr sein wird.

Sie steht einen Moment neben dem Bett. Sie lauscht auf ein bekanntes Geräusch. Irgendeins. Das sie erkennt.

Aber sie kann nichts hören.

Nach einer Weile beginnt sie, ihre beiden Koffer auszupacken. Viel hat sie nicht mitgenommen, es ging alles so schnell.

Sie legt ihre Kleidung in den Schrank, so sorgfältig, als würde ihr Leben davon abhängen. Dabei ist es längst vorbei. Sie zupft Ecken zurecht, streicht Falten glatt, überprüft, ob die Pullover bei den Pullovern liegen, die T-Shirts bei den T-Shirts und die Kleider bei den Kleidern.

Alles ist okay.

Sie hat keinen Fehler gemacht.

Anschließend stellt sie die acht Bücher, die sie wahllos in einen der Koffer geworfen hat, in das lange Regal an der Zimmerwand. Zuerst sortiert sie alle nach Größe, dann nach Titeln, schließlich nach Farben, und letztendlich stellt sie die Bücher einfach ungeordnet ins Regal.

Es ist egal.

Sie weiß, dass Unordnung nur existiert, weil die Menschen sie einer Ordnung unterordnen – weil Menschen immer in Kategorien, Gefügen, Zugehörigkeiten, Anordnungsweisen und Systematiken denken. Ja. Sie hat aufgepasst in der Schule, als der Erdkundelehrer, der viel lieber von der Welt sprach als von der Erde, sich in den unzähligen Möglichkeiten der formbaren Realität verloren hat. Es war schön gewesen, ihm zuzuhören, seiner suchenden Stimme zu lauschen, den Beweisen und Widerlegungen seiner Theorien zu folgen und die verknoteten Gesten seines jungenhaften Übermutes zu entwirren.

Aber das war im letzten Jahr gewesen.

In der neunten Klasse.

Nun ist sie in der Oberstufe und hat einen neuen Erdkundelehrer, der sich ausschließlich für Plattentektonik und das Vorkommen von Erdöl interessiert.

Aber da sie kein Interesse mehr hat.

An irgendetwas.

Ist das okay.

Ihr Hals ist trocken. Sie überlegt, ob sie Durst hat, aber sie weiß es nicht. Sie weiß vieles nicht mehr, was sie vorher wusste. Aber Zeiten ändern sich. Genau wie Gedanken, Gefühle und Verhaltensweisen. Das versteht sie. Das beruhigt sie. Es gibt Gesetze in den Mechanismen der verhakten Zeitgefüge, die niemand verändern oder einsehen kann. Sie sind einfach da und funktionieren.

Sie lächelt.

Zum ersten Mal an diesem Tag.

Für den Bruchteil einer Sekunde.

Dann werden ihre Gesichtszüge wieder alt und schlaff. Mit leeren Augen blickt sie in ihre Koffer. Nur das Tagebuch, eine Zahn- und eine Haarbürste, der zottelige Stoffdelphin und ein Foto befinden sich noch darin. Sie möchte das Auspacken beenden. Aber sie ist zu müde. Also setzt sie sich auf das Bett und starrt abwechselnd in die beiden Koffer. Vielleicht wartet sie darauf, dass irgendetwas geschieht. Vielleicht hofft sie auf ein Wunder.

Wer weiß?

Sie weiß es nicht.

Sie sitzt einfach da.

Und verharrt.

Irgendwann fängt sie sich wieder, aus dem tiefen Fall. Sie blinzelt dem grellen Licht entgegen, es ist hell und dunkel zugleich – Gleichgültigkeit macht sich breit. Gähnende Leere verschluckt sich selbst, wird überlagert von dem Ächzen der antriebslosen Zahnräder der kaputten Zeit.

Sie reißt sich los.

Von diesen Gedanken.

Denn sie hasst sich für diesen Schmerz.

Sie hat überlebt. Sie ist ein Mädchen des Glücks. Es muss weitergehen. Irgendwie. Sonst hätte sie auch einfach sterben können. Wie alle anderen.

Sie nimmt das Tagebuch aus dem einen Koffer, legt es in eine kleine Nische, die sich am Kopfende des Bettes befindet, und schiebt kurz darauf den Delphin unter die kratzige Bettdecke. Der erste Koffer ist leer, sie schiebt ihn unter das Bett, dort kann sie ihn nicht sehen, dort erinnert er sie nicht an all das, was sie zurückgelassen hat.

Aus dem zweiten Koffer nimmt sie das Foto. Es ist zerknittert, also legt sie es auf ihren Schoß und streicht es glatt. Dann blickt sie in die vertrauten Gesichter. Es sind ihre Eltern und ihre Zwillingsschwester Cassie. Auch sie selbst ist dort zu sehen – sie ist die einzige Fremde auf dem Bild, denn sie erkennt ihr Lächeln nicht mehr.

Zu lange ist es her.

Wochen oder Monate – oder Jahre?

Es spielt keine Rolle, wenn die Zeit abbricht.

Sie schluckt. Und schluckt. Es ist schwer zurückzusehen. Aber sie tut es doch. Denn dort auf dem Foto sitzt ihre lächelnde Familie im blühenden Garten, vor dem Haus, in dem sie einmal gewohnt hat. Ihr Vater, ein leidenschaftlicher Journalist, hat seinen Arm um ihre Mutter, eine wunderbare Kunstlehrerin, gelegt. Ihre Schwester steht neben ihr, hält sie fest an der Hand und lacht so laut, dass man das Klicken des Auslösers nicht mehr hören kann.

Zeit kommt zurück. In einer Sekunde.

Ein ganzes Leben.

Und da weiß sie: Relativität hat keinen Wert ohne die relevanten Werte des Bewusstseins. Nichts ist tief genug, um relativ zu sich selbst zu sein.

Sie niest. Staub regnet von der Zimmerdecke auf sie herab. Große grauweiße Flocken tanzen um ihren Verstand. Spinnweben ziehen sich quer durch den Raum. Alles zerfällt. Ihre Eltern verschwinden. Ihre Schwester verschwindet.

Das Haus löst sich in Luft auf.

Nichts bleibt zurück.

Sie schiebt das Foto ganz nach hinten in das Tagebuch, vielleicht vergisst sie es dort irgendwann. Unter der Decke verharrt der kleine Delphin. Er wird sich nie wieder bewegen, er wird für immer in der Stille gefangen sein.

Aber das ist nur ein winziges Detail.

In den grobkörnigen Rissen der Zeit.

Ihr Hals wird immer trockener, ihre Lippen fühlen sich spröde und aufgesprungen an, sie muss schlucken, es tut so weh, dass sie weinen möchte. Aber sie kann nicht.

Sie ist zu stark.

Und zu schwach.

Also greift sie nach der Haar- und der Zahnbürste, schiebt anschließend den zweiten Koffer ebenfalls unter das Bett und geht ins Bad. Es ist nicht schwer zu finden. Die Wohnung ist klein und unverwinkelt.

Der Wasserhahn lässt sich schwer aufdrehen, aber sie schafft es doch. Sie putzt sich ihre Zähne und wäscht sich ihr Gesicht. Das Wasser ist eiskalt, trotzdem steigt eine fiebrige Hitze in ihr auf und lodert hungrig durch ihre längst vergessen geglaubten Gedanken.

Schwarz ist die Asche.

Die übrig bleibt.

An einem verbogenen Haken hängt ein kleines blaues Handtuch, damit trocknet sie ihr Gesicht und ihre zitternden Hände. Ihr Blick fällt auf den Spiegel über dem Waschbecken. Ein unsichtbares Mädchen blickt ihr entgegen. Es ist blass, mit großen schwarzen Augen und hohlen Wangen. Sie wendet sich ab, denn es gibt Dinge, deren Anblick man nicht ertragen kann, ohne einen Schaden davonzutragen.

Und sie ist schon erschöpft genug.

Sie möchte nicht dieses Mädchen sein.

Es ist an der Zeit.

Zeitlos.

Zu lassen.

Sie beginnt, sich das Haar zu kämmen, die monotone Bewegung streichelt ihre Verfassung. Die langen, dunkelblonden Strähnen sind nicht widerspenstig, sie fallen ruhig und geduldig. Und sie erinnert sich: Als sie noch klein war, hat ihre Mutter der Schwester und ihr jeden Abend die Haare gekämmt. Abwechselnd,

Strähne um Strähne, während die beiden eng aneinandergeschmiegt auf dem Bett saßen und sich an den Händen hielten, weil sie wussten, dass sie eigentlich eins waren.

Zwillinge.

In jedem Atemzug.

Ihr Hals wird immer trockener, also geht sie in die Küche und durchsucht alle Schränke nach einem Glas. Sie findet eins, nimmt es heraus und macht den Kühlschrank auf. Da stehen Bier, Cola und Mineralwasser. Sie greift nach der Wasserflasche, gießt sich etwas ein und sieht zu, wie das Wasser einen Moment aufschäumt, bevor es sich wieder beruhigt.

Wie menschlich ist dieses Bild.

Wie leicht zu begreifen ist die Welt.

Das denkt sie und wiegt nachdenklich ihren Kopf. Dann schüttelt sie alle Gedanken ab und beginnt zu trinken. Das kühle Glas fühlt sich fremd an, gegen ihre toten Lippen gepresst, das Wasser brennt in ihrem Hals, während sie langsam, Schluck für Schluck, ihren Durst betäubt.

Sie hustet. Sie sieht sich verloren um.

Und schließlich, um die Stille auszuschließen, flüstert sie zu sich selbst: »Sieh nur. Die Zeit stützt sich auf hohle Pfeiler, sie schwankt auf dem seichten Fundament, sie trägt die Nacht und den Tag und jede Sekunde dazwischen, und doch kommt sie nie irgendwo an. Oder doch? Ist sie längst da – ist jede verstreichende Minute der Beweis für die Vollkommenheit dieses wankelmütigen Lebens?«

Sie streicht sich über ihre glühende Stirn.

Das Fieber wird vergehen.

Es ist alles nur ein Traum, ein unbestätigter Traum. Irgendwann wird sie erwachen. Irgendwann wird diese Abgeschiedenheit sich in einen Raum voll mit Freunden und Geborgenheit verwandeln. Irgendwann wird alles leuchten.

So steht es doch geschrieben.

In all den heiligen Büchern.

Über die unheilvolle Zeit.

Ihr Atem geht unregelmäßig, hastig klopft ihr verzweifeltes Herz. Sie lehnt sich gegen den Kühlschrank, weil er ihr am nächsten ist. Dann rappelt sie sich auf und tritt hinüber an die Spüle. Das Glas ist leer. Sie wäscht es ab und stellt es anschließend in das Abtropfgestell neben dem Herd. Über der Heizung hängt ein Geschirrtuch, sie greift danach.

Sie trocknet ihre Hände.

Ihre unsichtbaren Tränen.

Und die davonfließende Zeit.

Sie geht zurück in das Zimmer von Josh, das jetzt auch ihr Zimmer ist. *Josh.* Sie flüstert lautlos seinen Namen. Er ist ihr Cousin, aber sie hat ihn noch nie gesehen. Auch der Onkel, der sie vor wenigen Stunden abgeholt und in dieses Zuhause gebracht hat, ist ihr fremd. Sie weiß nicht, warum er sie aufgenommen hat. Er hatte keinen Kontakt zu ihrem Vater, der sein Bruder war, denn sie waren zerstritten, seit vielen Jahren schon. Aber andere Familienangehörige hat sie nicht. Das Jugendamt hat den Onkel ausfindig gemacht, und er hat eingewilligt, sie zu sich zu nehmen, obwohl es offensichtlich ist, dass er nichts mit ihr zu tun haben will.

Sie sinkt nieder auf den Boden. In den wogenden Wellen, die ihre Gedanken schlagen, obwohl sie sich nicht geschlagen geben möchte. Sie muss weiterkämpfen! Sie ist das schnellste Mädchen in der Stadt am Waldrand, sie kann jedem Schmerz entwischen.

Sie rennt und rennt.

Auf und davon.

Bis zum Waldrand, durch die einsamen Schluchten, vorbei an riesigen Felsen und ehrwürdigen Bäumen, über das dunkelgrüne Gras, über die hellgrünen Wiesen bis hin zu der verborgenen Zauberlichtung und wieder zurück.

An diesen Ort.

An dem sie jetzt zu Hause ist.

Sie legt sich auf das Bett, kriecht unter die Decke, sucht blind nach dem Delphin, findet ihn, hält ihn fest in ihren Armen.

Und dann. Endlich, endlich.

Weint sie.

Bittere Tränen verlieren ihre Fassung. Sie fallen lautlos im Fluss der Vergangenheit, haltlos im See der Gegenwart; und sie versickern achtlos auf den Böden der Zukunft.

Sie schließt ihre müden Augen.

Es gibt nichts mehr zu sehen.

Die klumpige Bettdecke ist schwer, erdrückend liegt sie auf ihrem schwachen Körper und grenzt sie ab, von jeglichem Drumherum.

Sie fühlt ein Nachbeben.

Eine Erschütterung, heftig und laut.

Dann wird es endlich still.

Und leise. Leise.
Schläft sie ein.

Caily Haven. Fünfzehn Jahre alt. Ihre Familie ist vor einer Woche bei einem Wohnungsbrand ums Leben gekommen.

Aber sie.
Hat überlebt.

7

Jack Hunt liegt zwischen zwei nackten Frauen auf einem goldenen Himmelbett, in einem mit Samt und Seidenkitsch überfüllten Raum, und raucht seine fünfte Zigarette in Folge. Das Mädchen rechts von ihm ist eingeschlafen. Ihr Name ist Trisha, und sie hat die schönsten Brüste, die Jack je gesehen hat. Das mag etwas heißen, denn Jack hat schon viele schöne Brüste gesehen. Das Mädchen links von ihm heißt Mimi und hat die kleinsten Brüste, die Jack je gesehen hat. Auch das mag etwas heißen, denn normalerweise interessiert sich Jack nur für große Brüste und weibliche Körper. Mimi ist das Gegenteil davon. Sie hat so kleine Brüste, dass sie nie in ihrem Leben auf die Idee gekommen wäre, sich einen BH zu kaufen. Ihr Hintern ist knackig, aber so winzig, dass Jack nur eine Hand braucht, um ihn zu umfassen. Auch der Rest von Mimi ist unscheinbar und zierlich geraten. Mit einer Körpergröße von 1,54 Meter kann sie locker in der Kinderabteilung einkaufen gehen, und wenn sie sich Zöpfe in ihr dunkles Haar bindet, dann geht sie gerade mal als sechzehn durch. Aber Mimi ist einundzwanzig und das liebenswerteste Mädchen, dem Jack je begegnet ist. Sie hat Wangengrübchen, die so herrlich sind, dass Jack sie den ganzen Tag lang einfach nur anstarren könnte, ohne dabei das Gefühl zu haben, irgendetwas zu verpassen. Außerdem ist Mimi der ehrlichste Mensch, dem Jack je begegnet ist. Sie hat ihm von Anfang an ihren richtigen Namen verraten und ihm munter von ihrem Leben erzählt. Am Anfang waren es nur die schönen Augenblicke gewesen, aber nachdem er sie ein paar Mal gebucht hatte, war sie auch mit den hässlichen Details über ihre Vergangenheit herausgerückt. Und so hat Jack erfahren, dass sie jahrelang von ihrem Vater missbraucht wurde, mit sechzehn bereits zweimal abgetrieben hatte und mit siebzehn schließlich von zu Hause abgehauen ist, weil ihre Mutter ihr nicht glauben wollte. Über einige Umwege ist Mimi dann in der Stadt am Waldrand gelandet und in dem kleinen Bordell am Rande des Rotlichtviertels untergeschlüpft. Sie ist nicht glücklich dort, und sie weiß auch nicht, wo ihr Leben hinführen soll, aber die Frauen und Mädchen in dem Bordell sind die einzige Familie, die Mimi hat.

Jack kann nicht mehr mit Mimi schlafen, seit sie ihm all die schrecklichen Dinge über sich erzählt hat. Sie ist so klein und zerbrechlich, dass er Angst hat, ihr weh zu tun. Am liebsten würde er sie mit nach Hause nehmen, aber er bezweifelt, dass seine Frau sich darüber freuen würde. Also bucht Jack Mimi weiterhin – einfach nur, um sie im Arm zu halten und sich mit ihr zu unterhalten, nicht um ihren Körper für seine Befriedigung zu benutzen. Mimi will sein Geld längst nicht mehr annehmen und sagt jedes Mal, dass er einfach nur das Zimmer bei der Hausdame bezahlen solle. Aber Jack verdient gut und möchte, dass Mimi etwas davon abbekommt, immerhin ist sie der einzige Mensch, dem er von all seinen Sorgen erzählen kann und bei dem er sich geborgen fühlt, in dieser viel zu großen und viel zu lauten Stadt am Waldrand.

Wenn Jack Lust auf Sex hat, dann bucht er sich ein zweites Mädchen wie Trisha dazu. Anschließend schickt er sie raus und bleibt mit Mimi zurück, um sich an sie zu schmiegen und ihr von seiner Woche zu berichten. Aber an diesem Abend ist Trisha vor Erschöpfung nach einem harten Tag einfach eingeschlafen, und da kein anderer Gast auf sie wartet und es totenstill in dem kleinen Bordell ist, haben Mimi und Jack sie zugedeckt und unterhalten sich nun leise flüsternd über die lückenlosen Abschnitte der vorbeirasenden Zeit.

Jack Hunt. Eigentlich ist er kein Bordellgänger, aber irgendwann hat er damit angefangen und nicht mehr aufgehört. Also ist er wahrscheinlich doch einer. Aber das ist keine Frage, über die sich Jack seinen Kopf zerbricht – dafür hat er viel zu wenig Gehirnfreiraum, denn seine Gedanken sind allesamt besetzt von den ungelösten Vermisstenfällen, die sich aktenweise in seinem Keller stapeln und allmählich beginnen zu verstauben. Seit über vierzig Jahren verschwinden in der Stadt am Waldrand nun schon regelmäßig Frauen und Mädchen im Alter von dreizehn bis dreißig Jahren. Jack war noch in der Grundschule, als es angefangen hat. Damals verschwand seine Nachhilfelehrerin, ein siebzehnjähriges Mädchen, das ihm dabei geholfen hatte, das Einmaleins auswendig zu lernen. Er hatte sie gemocht, so sehr gemocht, dass er freiwillig das verhasste Mathebuch aufgeschlagen hatte. Der Tag, an dem sie schließlich verschwunden ist, war der

Tag gewesen, an dem Jack beschlossen hatte, Polizist zu werden und alle verschwundenen Frauen wiederzufinden.

Wie sich wenige Jahre später herausstellte, war es nicht sonderlich schwierig für Jack, die Ausbildung zum Kriminalpolizisten zu absolvieren, was sich allerdings als wesentlich komplizierter erwies, war das Unterfangen, die verschwundenen Mädchen und Frauen der Stadt am Waldrand wiederzufinden.

Jack seufzt. Gerade erst ist eine weitere Frau verschwunden, mitten am Tag, wie vom Erdboden verschluckt, nur ihr Einkaufskorb ist bisher wieder aufgetaucht. Jack seufzt ein weiteres Mal und versucht die Gedanken an die vermissten Frauen abzuschütteln. Neben ihm liegt eine schlafende Trisha, die sich leise murmelnd zwischen zwei Kissen vergräbt, und auf der anderen Seite von ihm liegt Mimi, die ihre winzigen kühlen Finger in seine verschlungen hat. Einen Moment lang ist er wütend auf sich selbst, weil er hier ist, an diesem bedenklichen Ort, an dem er gar nicht sein dürfte. Zu Hause wartet seine Frau auf ihn. Aber er möchte nicht zu ihr gehen, denn die einzigen Gespräche, die man mit ihr führen kann, drehen sich um ihre Arbeit.

Manchmal, wenn Jack Mimi im Bordell besuchen geht, dann erinnert er sich daran, wie verliebt er einmal gewesen ist, damals, ganz am Anfang, als er seine Frau zum ersten Mal gesehen und sie für das wunderbarste Wesen auf der Welt gehalten hat. Dabei hat sie ihn nur um ihren eiskalten Finger gewickelt, als wäre er das Trostpflaster für ihre gerade abgewickelte Scheidung.

Jack Hunt liebt seine Frau längst nicht mehr. Er erinnert sich nur noch entfernt daran, warum er sie überhaupt geheiratet hat. Dafür weiß er mittlerweile umso besser, warum sie ihn geheiratet hat – wegen seiner Stellung in der Stadt am Waldrand und wegen all der Vorzüge, die es mit sich bringt, wenn man mit einem angesehenen Mann wie Jack Hunt verheiratet ist. So hat sie es ihm jedenfalls eines Tages an den Kopf geworfen, und seitdem ist die Ehe von Jack Hunt und seiner Frau ein ziemlicher Witz, über den er nicht lachen möchte, weil das bedeuten würde, dass er sich um Scheidungsunterlagen kümmern müsste. Das wiederum würde bedeuten, dass es einen Sorgerechtsstreit um die beiden Kinder geben würde. Und das Letzte, was Jack Hunt möchte, ist, dass seine Kinder den gleichen Scheidungskrieg miterleben wie er. Also hat Jack Hunt beschlossen, noch so lange durchzuhalten, bis seine Kinder erwachsen sind. Dann will er sich endlich scheiden lassen und in eine andere Stadt umziehen. Und wenn Mimi sich bis dahin noch nicht in einen dahergelaufenen Jungen verliebt hat, und wenn es sie nicht stört, mit einem alten Mann wie ihm zusammen zu sein, dann wird er sie mitnehmen – auch wenn er niemals mit ihr schlafen kann und sie nur bei ihm ist, weil sie bei keinem anderen sein möchte.

Mimi streicht Jack Hunt über sein müdes Gesicht. Sie mag diesen Mann aufrichtig. Er ist der erste, der sich je um sie gesorgt hat. Sie weiß, dass er alt genug ist, um ihr Vater zu sein, wahrscheinlich sogar älter – aber das stört sie nicht. Sie ist traurig, weil Jack Hunt so unglücklich ist mit seiner Familie, und weil er so hart arbeitet, um die Fälle mit den verschwundenen Frauen aufzudecken, aber trotzdem nicht weiterkommt.

Immer wieder verschwinden neue Mädchen.

Immer wieder verliert sich jede Spur.

Und die Zeit?

Sie läuft einfach weiter.

Großzügig über die Blutbahnen hinweg.

Achtlos an den Leichen vorbei.

Jack streicht über Mimis Haar und spürt, wie die Gedanken in ihrem ungreifbaren Kopf umherwandern, dann fasst er wieder nach Mimis Hand und wundert sich darüber, wie eiskalt ihre kleinen Finger immer sind. Dabei ist Mimis Herz doch so warm, dass er es selbst aus der Distanz noch ganz deutlich spüren kann.

Jack Hunt und Mimi das Bordellmädchen. Die beiden liegen auf dem rosafarbenen Himmelbett im Eckzimmer und lauschen Trishas ruhigem Atem, bis es für Jack an der Zeit ist, zu gehen. Er gibt Mimi einen Kuss auf die Stirn und umarmt sie; er verspricht ihr, dass er bald wieder vorbeikommen wird.

Sie nickt und lächelt ihm zu.

Jack Hunt greift nach seinem Mantel.

»Du kannst mich immer anrufen«, sagt er leise. »Wenn du Hilfe brauchst, dann möchte ich für dich da sein.«

Mimi nickt erneut und zwinkert ihm zu.

Vielleicht würde sie Jack Hunt wirklich anrufen, falls sie eines Tages in Schwierigkeiten geraten sollte. Aber vielleicht wäre es auch dumm, einem Mann zu vertrauen, nach all dem, was Männer ihr angetan haben. Mimi wiegt nachdenklich ihre schweren Erinnerungen gegen ihren leichtherzigen Glauben an das Fundament der Menschlichkeit ab.

Es ist ein Hin und Her.

Von Werten und Wertlosigkeiten.

Es ist ein Maß, das sich anmaßt.

Niemals im Stillstand zu verweilen.

Jack Hunt lässt seine Hände in die Taschen seines schwarzen Mantels gleiten. Er sieht aus wie James Bond. Mimi begleitet ihn zur Tür und umarmt ihn noch einmal zum Abschied.

»Du wirst diese Fälle lösen«, flüstert sie ihm zu.

Jack Hunt erwidert nichts darauf, er vergräbt einfach nur sein Gesicht in ihrem wunderschönen Haar, das nach Maiglöckchen duftet und nach taubedecktem Gras.

»Du wirst die Mädchen wiederfinden«, wispert Mimi.

Dann löst sie sich aus der Umarmung.

Und lässt ihn gehen.

Jack Hunt und Mimi, das Bordellmädchen.

Er wird zurück zu den Akten in seinem Keller gehen.

Und sie wird die Nächste sein.

Die verschwindet.

8

Zwei kleine Jungen in einem Sandkasten am Schlosspark. Sie haben gerade Piraten gespielt und tapfer ihr Schiff gegen die namenlosen Feinde verteidigt. Jetzt sind sie erschöpft von der Umsegelung ihrer unendlichen Welten und der Eroberung aller unentdeckten Inseln. Sie lassen sich zurücksinken auf den weichen Sandboden, sie sehen sich an und zwinkern sich verschworen zu – denn sie wissen ganz genau: Sie sind ein ungeschlagenes Team. Sie haben jedes unsichtbare Land bereist, sind auf Flugsauriern durch Nebelschwaden geritten und haben Steinbrocken in Goldfischflossen verwandelt. Sie waren schon überall, am Anfang, am Ende – in jedem Raum, der fällt und besteht.

Ja. Sie können alles.

Alles, was sie wollen.

Denn ihre Phantasie ist allumfassend.

Genau wie die Hand der eingreifenden Zeit.

Die diese Welt durch unser Bewusstsein trägt.

Zwei kleine Jungen in der Stadt am Waldrand. Sie sind beide vier Jahre alt. Der eine hat braunes Haar und dunkle Augen, der andere blondes Haar und helle Augen. Sie sind im selben Krankenhaus auf die

Welt gekommen, der Blonde einen Tag zu früh, der Braunhaarige einen Tag zu spät. Die Mütter haben darüber gelacht, und sind Freundinnen geworden. Sie haben im selben Zimmer gewartet, auf dasselbe Glück. Und draußen im Klinikpark waren ihre Männer zusammen spazieren und konnten sich kaum noch gedulden, vor Aufregung und voller Erwartung, auf dasselbe Glück.

Nun sind ihre Söhne Freunde geworden. Die besten Freunde, die es in der Stadt am Waldrand je gegeben hat. Und vielleicht hatten die beiden gar keine andere Wahl – denn sie haben nebeneinandergelegen, damals, als sie noch ganz winzig waren und ihre Mütter sich einmal die Woche zu einem gemeinsamen Frühstück getroffen haben. Und wenig später dann haben sie ihre ersten Schritte gemeinsam gemacht, auf einer Wiese im Abenteuerpark, dort, ganz in der Nähe von dem Spielplatz, auf dem sie schließlich auch das erste Mal zusammen gerutscht sind und auf dem sie nun die Welt erobern.

Zwei kleine Jungen. Sie heißen Alex und Max, und sie lieben sich auf eine Art, wie nur Kinder sich lieben können. Ohne Zweifel, ohne Hintergedanken, ohne verbogene Wahrheiten, ohne geradlinige Schranken.

Alex und Max.

Blutsbrüder auf Lebenszeit.

Freunde für immer.

Es ist ein in Sand geschriebenes Gesetz, dass sie auf dieselbe Schule gehen werden, dieselben Fächer belegen, zur gleichen Zeit ihre erste Freundin haben, gemeinsam auf ihre erste Party gehen, zum ersten Mal rauchen, zum ersten Mal lieben.

Sie werden am selben Tag ihren Abschluss machen. Sie werden gemeinsam die Stadt am Waldrand verlassen, um am anderen Ende der Welt an derselben Universität dasselbe Fach zu studieren. Kurz darauf werden sie beide ihre zukünftigen Frauen kennenlernen. Sie werden heiraten, am selben Tag, im Sommer, weil sie beide den Sommer am liebsten mögen. Wenig später werden sie Kinder kriegen. Jeder einen Sohn, in derselben Woche, im selben Jahr.

So haben sie es beschlossen. Vor wenigen Minuten, als sie ihr Piratenschiff verteidigt und ihre Mütter ihnen lachend von der Bank am Spielplatzrand applaudiert haben.

Ja. So haben sie es sich zugeflüstert. Mit ihren aufgeweckten Stimmen und ihren unbändigen Träumen.

So haben sie es besiegelt. Mit ihrem Versprechen an die Zukunft und ihrem Glauben an die Gegenwart.

Alex und Max.

Die besten Freunde in der Stadt am Waldrand.

Und während sie nun auf dem sandigen Boden liegen und sich anstrahlen, weil der Himmel über ihnen wolkenlos und märchenbuchblau ist, schmieden sie schon ihre geheimen Abenteuer für den nächsten aufregenden Tag.

Zwei kleine Jungen auf dem Spielplatz am Schlosspark, umgeben von Sand und so viel Meer. Sie wissen nicht, dass einer von ihnen wenige Stunden später von einem betrunkenen Autofahrer überfahren werden wird. Sie wissen nicht, dass dies ihre letzten gemeinsamen Stunden sind. Sie haben keine Ahnung von der tödlich wispernden Zeit im Hintergrund.

Von den tickenden Sekunden.

Den lauernden Minuten.

Und dem unberechenbaren.

Ende.

9

Ana Davis. Fünfzehn Jahre alt. Sie lebt mit ihren Eltern in einem riesengroßen Herrenhaus. Aber ihre Eltern sind so gut wie nie da. Ihre Mutter ist auf Teepartys, bei Vernissagen, im Kurhotel oder bei der Kosmetikerin. Ihr Vater arbeitet für den Geheimdienst und ist nur einmal im Monat zum Abendessen zu Hause. Er ist meistens auf Reisen, aber er sagt nie, wohin. Ana hat längst aufgehört zu fragen. Sie ist eine brave Tochter. Kein Alkohol, keine Drogen, kein Punkrockfreund mit Tattoos und Zungenpiercing. Wenn Ana nicht in der Schule ist, lernt sie für ihre Prüfungen oder spielt Klavier. Sie hat kaum Freunde, weil sie zu still ist und nicht weiß, worüber sie sich mit ihren Altersgenossen unterhalten soll. Die meisten Gespräche fühlen sich befremdlich für sie an, denn Ana interessiert sich weder für Partys noch für die *Desperate Housewives*. Der einzige richtige Freund, den sie hat, wohnt im Nachbarhaus. Er ist ein renommierter Wissenschaftler der Zeitlehre und wandert oft im Garten umher. Zwischendurch bleibt er stehen, um den Himmel, die Sonne, die Wolken oder die Sterne anzuschauen. Als Ana noch klein war, hat sie ihn heimlich dabei beobachtet. Sie hat durch die Hecke gespäht und sich gefragt, wie jemand so geduldig und so zeitlos einfach nur dastehen und die Unendlichkeit angucken kann. Sie hat sich nicht getraut zu fragen. Aber eines Tages hat der Wissenschaftler seinen Blick vom Himmel genommen und ist hinüber zu dem hölzernen Gartenzaun gekommen. Dann hat er sich zu der Hecke hinuntergebeugt, hinter der Ana verborgen lag, und hat lächelnd gefragt, wie man denn so geduldig und so zeitlos den ganzen Tag in einem Busch sitzen könne.

Da hat Ana gelacht.

Und der Wissenschaftler auch.

Kurz darauf sind die beiden Freunde geworden, obwohl der Wissenschaftler damals schon fünfzig war und Ana erst sechs. Sie haben sich niemals die Mühe gemacht auszurechnen, wie viele Jahre zwischen ihnen liegen. Sie haben immer nur das gesehen, was sie verband.

Die Frau des Wissenschaftlers hingegen fand die Freundschaft der beiden von Anfang an seltsam. Sie hatte keine Kinder, und sie wusste auch nicht, wie man mit einem Kind umgeht. Sie wollte lieber, dass Ana auf ihrer Seite vom Gartenzaun spielt. Sie konnte einfach nicht verstehen, warum Ana und ihr Mann manchmal stundenlang zusammen auf der Wiese im Garten saßen und einen Vogel dabei betrachteten, wie er auf einem Ast herumspazierte. Aber der Wissenschaftler und Ana hatten einander ins Herz geschlossen, und so konnte die Frau des Wissenschaftlers gar nicht anders, als zu akzeptieren, dass Ana von nun an regelmäßig mit ihrem Mann die Zeit betrachten würde.

Dann ist Ana älter geworden, und mit jedem Tag wurde die Frau des Wissenschaftlers unfreundlicher.

Sie hat nie böse Worte benutzt oder einen Streit angefangen, aber sie hat undeutliche Sätze gesagt und zweideutige Antworten gegeben. Sie hat Ana unwirsche Blicke zugeworfen und ihrem Mann unbegründete Vorwürfe gemacht.

Sie hat auf ihre Uhr geblickt.

Ungeduldig und rastlos.

Sie hat gesagt: »Ana, ich denke, es ist an der Zeit für dich, nach Hause zu gehen.«

Und da hat Ana verstanden, dass die Zeit festgebunden ist an alle Geschehnisse; und dass ebenso die Geschehnisse gebunden sind an alle Zeiten.

Also ist Ana nach Hause gegangen.

Und hat geweint.

Weil sie nicht verstehen konnte, warum sie in einer Welt voller Misstrauen und Unsicherheiten aufwachsen musste. Sie hätte gerne das Glück der unvoreingenommenen Freiheit in den Augen ihrer Mitmenschen glitzern gesehen. Sie hätte gerne gewusst, dass alle wissen, dass man nichts und niemanden besitzen kann. Dass man Liebe schenkt und nicht einfordert. Dass man Liebe auf Händen trägt und nicht hinter sich herschleift. Dass man Liebe achtet: und nicht liebt, um Beachtung zu erhalten.

Und dass es unendlich viele Formen der Liebe gibt; genauso wie die endlosen Unformen der Lieblosigkeit.

Aber von der aufrichtigen Liebe wusste Ana, dass sie unschuldig ist und rechtschaffen – sie äußert sich nicht körperlich, nicht lustvoll, nicht begierig, nicht einschränkend. Sie berührt ein Herz, ohne es zu besetzen. Sie berührt einen Menschen, ohne Besitz von ihm zu ergreifen.

Sie bereichert die Zeit.

Und vervielfacht.
Jeden geteilten Augenblick.

Die Frau des Wissenschaftlers hingegen kannte damals wie heute nur eine einzige Form der Liebe. Und diese Liebe hat keinen besonderen Namen, denn es ist die, die man mit einem Ehevertrag in Anwesenheit von Zeugen besiegelt. Es ist die Art von Liebe, die man garantiert bekommen muss, um an sie zu glauben.

Und weil das alles ist, was die Frau des Wissenschaftlers kennt und kennen möchte, weil das alles ist, womit sie umgehen kann, ohne aus sich herauszugehen, kann sie nicht verstehen, dass die Zuneigung, die ihr Mann für das junge Mädchen empfindet, keine Bedrohung für sie ist. Sie kann nicht anerkennen, dass die Schönheiten, die der Wissenschaftler und Ana sehen, während ihrer gemeinsamen Betrachtung der Zeit, so rein sind wie ein unbeschriebenes Gewissen.

Aber bevor ein Urteil gesprochen wird – zwischen den Zeilen, über die Menschen, auf deren Fußmatten wir unterschwellig stehen und herumtrampeln –, bevor wir uns versprechen, sprechen wir uns lieber frei.

Denn eigentlich kann die Frau des Wissenschaftlers gar nichts dafür. Sie ist einfach nur so, wie sie ist. Und sie ist in einer kalten und lieblosen Familie aufgewachsen, ohne jemals Zuneigung erfahren zu haben. Außerdem ist sie in eine Zeit hineingeboren, in der Frauen um alles wetteifern – die kleinen Mädchen streiten sich darum, wer die schönste Mutter hat, die großen Mädchen streiten sich über die Farbenpracht ihrer Haarspangen und um die Länge ihrer Kleider, die jungen Frauen streiten sich um die erfolgreichsten Männer und um die erfolgversprechendsten Schönheitsoperationen, und die alten Frauen streiten sich mit sich selbst und übertragen die überschüssigen Differenzen auf die jüngeren Frauen um sich herum. Ja. Es ist eine Zeit, in der Frauen darum konkurrieren, welche von ihnen den besten Kaffee zubereiten kann, obwohl sie alle die gleiche Kaffeemaschine besitzen, die gleichen Kaffeebohnen kaufen und sogar das gleiche Leitungswasser benutzen.

Ana hat Glück. Sie ist nicht in dieser Zeit gefangen. Ihre Minuten haben schon immer unabhängig von den dazugehörigen Stunden geschlagen. Sie ist nicht gebunden an vorgefestigte Meinungen, zugeordnete Ansichten und luftleere Behauptungen. Sie hat die Freiheit, jedem Augenblick so freimütig entgegenzublicken, wie sie ihn auch wieder verlassen möchte. Und wenn die Frau des Wissenschaftlers nicht angefangen hätte, mit andeutungsvollen Bemerkungen zu sticheln, dann hätte Ana niemals begonnen, darüber nachzudenken, ob irgendetwas an ihrer Freundschaft zu dem weisen Zeitgefährten falsch oder anzüglich sein könnte. Dabei hat Ana keinen Grund, an sich zu zweifeln. Sie liebt den Wissenschaftler der Zeit nicht mit nackten Gedanken; sie liebt seine Ruhe, seine Gelassenheit, die Art, wie er Worte ausspricht und Sätze zusammenbringt, die sie noch nie zuvor gehört hat. Sie liebt es, ihm dabei zuzusehen, wie er in uralten Büchern mit zerfledderten Einbänden liest und ihr anschließend die Geschichte einer längst vergangenen und dennoch andauernden Zeit erzählt. Sie liebt es, wie er still vor sich hin lächelt, und dass er nichts tut in Erwartung auf Zuspruch oder Lob. Er hat die Gewissenhaftigkeit der beflissenen Gezeiten in seine Gesichtszüge gemalt. Seine Stimme ist wie das Meer, tief und weitreichend, und Ana ist sich sicher, dass sie für immer Freunde bleiben werden, auch wenn er altern wird, während sie noch in den jüngeren Tagen zu Hause ist. Denn Ana weiß ganz genau: Es gibt keinen Raum, der Freundschaft begrenzt. Es gibt keine Zeit, die Freundschaft berechnet. Und es gibt kein Gesetz, das besagt, dass man nur einen einzigen Menschen lieben darf.

Ja. Ana kennt sich aus mit den Facetten der Liebe. Sie liebt ihre Eltern, obwohl die beiden selten für sie da sind und nicht wissen, wie man eine Familie zusammenhält. Ana hat verstanden, dass ihre Eltern ihr Bestes geben, auch wenn das nicht annähernd genug ist. Und Ana ist nicht böse deswegen, oder enttäuscht. Denn sie weiß, dass ihr Vater für wichtige Dinge kämpft, ohne sich jemals darüber zu beschweren, dass die Sachen, die ihm im Leben wichtig sind – seine Familie, seine Freunde –, einfach auf der Strecke geblieben sind. Er hat sich für diese Aufgabe entschieden, weil er sie für bedeutend hält und weil er sein Leben mit Bedeutung füllen muss, um ein erfüllendes Dasein zu führen. Die Konsequenzen sind nicht immer schön: Er hat das Aufwachsen seiner Tochter verpasst, er darf seiner Frau nicht erzählen, womit er seine Zeit verbringt, und er muss immer in Bereitschaft sein, zu verschwinden. Aber er hat seiner Frau ein großes Haus gekauft, so wie sie es immer wollte, er hat seiner Tochter jeden Wunsch erfüllt, ohne sie zu verwöhnen, und jedes Mal, wenn er nach Hause kommt und Ana auf ihn zustürmt, als hätte sie ihn seit Jahren nicht mehr gesehen, brennt sein Herz vor Glück und Sehnsucht.

Auch Anas Mutter ist ein liebenswerter Mensch. Sie verbringt zwar einen großen Teil ihrer Zeit mit Oberflächlichkeiten und sinnlosen Belangen, aber das liegt daran, dass sie einsam ist und nicht weiß, wie sie die Leere eingrenzen kann. Sie hat den Mann geheiratet, den sie liebt und begehrt, aber er ist ständig unterwegs. Sie vermisst seine Gegenwart so sehr, dass sie ihre eigene nicht ertragen kann. Dabei ist sie hübsch und beliebt, und könnte sich mit Leichtigkeit auf einen Flirt einlassen oder einen neuen Mann zum Lieben finden – aber das würde sie niemals tun. Denn sie liebt ihren Mann innig und aufrichtig; und deshalb wartet sie auf ihn und wirft ihm mit keinem Wort vor, dass er sich für diesen gefährlichen Job entschieden hat, statt für die Liebe.

Ana Davis, das Mädchen in dem stillsten Haus in der Stadt am Waldrand. Sie hat keine Geschwister, keine Großeltern, keine Tanten, keine Onkel, keine Cousins. Dafür hat sie das Eichhörnchen, das hinten im Garten des Wissenschaftlers auf einem Baum wohnt, und den kleinen grauen Vogel, der jeden Morgen auf ihrem Fensterbrett sitzt und seinen Schnabel gegen ihre Scheibe legt. Ana hat den Teich im Garten, in dem die Goldfische ihre Kreise ziehen, und sie hat den Regen, den Schnee, das Licht der Glühwürmchen und den Morgentau auf der Wiese.

Es ist eine schöne Welt. Unumstößlich.

Das wissen alle Menschen.

Sogar die, die so tun.

Als wüssten sie es nicht.

Ana Davis. Fünfzehn Jahre alt. An diesem sonnigen Tag liegt sie neben dem alten Wissenschaftler auf einer dunkelblauen Decke im hohen Gras und betrachtet die tief hängenden Wolken.

Ana und der Wissenschaftler der Zeit. Sie unterhalten sich nicht, sie blicken einfach nur zusammen auf die vorbeiziehende Formation von Wasserdampf und Luftpartikeln.

Der Wissenschaftler seufzt, weil es ein guter Moment ist, unbefangen und frei. Außerdem weiß er: Neben ihm liegt ein Mädchen, das all die Dinge, die er schon gesehen hat, eines Tages entdecken wird. Und er mag die Art, wie sie ihm zuhört, auch wenn ihre Augen dabei so aufgeweckt durch die Gegend wandern, als wäre sie an jedem Ort zugleich, aber niemals dort, wo sie sich gerade befindet. Und er weiß: Sie hat es nicht leicht, dort drüben in dem leeren Haus, in dem sie viel zu oft alleine durch die langen Gänge der auswärtigen Geborgenheit streicht.

Der Wissenschaftler der Zeit. Er sieht hinüber zu Ana, und ihm wird bewusst, wie sehr er ihre Art zu lächeln mag, den Klang ihres Lachens, die eigenartigen Witze, die sie erzählt, auch wenn er nur wenige davon versteht. Ja. Er mag ihre Sprache, die lustigen Worte, die es zu seiner Zeit noch gar nicht gegeben hat, die bunten Bilder vom Schulhof, das komische Stottern in der lauten Musik, die sie manchmal hört, mit diesem winzigen Apparat, in dem man wahrscheinlich all seine Schallplatten und Kassetten zusammenfassen könnte.

Der Wissenschaftler der Zeit lächelt und wendet seinen Blick wieder hinauf zum Himmel. Ja. Er mag dieses kleine Geschöpf sehr; er liebt es, auf eine ganz besondere Art. Vielleicht weil er gerne eigene Kinder hätte, aber dazu ist es nie gekommen. Doch nun hat er Ana, die jeden Tag über den Gartenzaun klettert und mit ihm der Zeit entgegenblickt.

Und was kann ein Mensch mehr haben?

Als Zeit. Und Zeit.

Und Zeit?

Nichts.

Nur die Zeit, die der Mensch teilt.

Der Wissenschaftler weiß: Das ist Glück.

Zweifelloses Glück.

Bedingungslos.

Ein Sturm kommt auf. Ana und der Wissenschaftler sehen sich an und lächeln. Sie haben keine Angst vor dem Aufbrausen der Zeit, sie kennen sich aus mit der tobenden Stille, mit dem Aufbruch und dem Einbruch und dem Gebrechen der menschlichen Verfassungslosigkeit. Sie haben beide viel gesehen. Ana in ihrer Welt, der Wissenschaftler in seiner Welt, und weil sie sich davon erzählen, Tag für Tag, wissen sie beide von den unbegrenzten Perspektiven der Erkenntnis.

Ana und der Wissenschaftler der Zeit. Sie setzen sich auf und sehen dem Sturm dabei zu, wie er in der Ferne einige graue Regenwolken versammelt. Aber dann deutet Ana in den Himmel direkt über ihnen, dort ist eine schneeweiße Wolke, die aussieht wie ein riesengroßer Kranich mitten im Flug. Der Wissenschaftler der Zeit erkennt den Kranich zwischen den anderen Schäfchenwolken und lässt seinen Blick über die langen Schwingen gleiten.

»Ob wohl noch irgendwer in dieser Stadt, genau in diesem Moment, zum Himmel hinaufschaut und den weißen Kranich sieht?«, fragt Ana leise flüsternd den Wind.

Der Wissenschaftler nickt ihr zu.

Und Ana lächelt.

Natürlich.

Wie sollte es auch anders sein?

In diesen vertrauten Raum tritt auf einmal die Frau des Wissenschaftlers. Sie hatte einen anstrengenden Tag. Sie hat eigentlich immer einen anstrengenden Tag, denn sie arbeitet bei *Hustle&Winner* und ist ständig umgeben von hektischem Stimmenwirrwarr, klingelnden Telefonen und schlecht gelaunten Anzugträgern, die ungeduldig an ihren Nervensträngen zerren und alles auf einmal haben wollen – und zwar am besten gleich und sofort.

Es muss immer die ganze Welt sein.

Alles andere ist nicht genug.

Die Frau des Wissenschaftlers ist müde und gestresst. Sie kommt nach Hause und sieht ihren Mann im Garten liegen, direkt unter dem weiten Himmel. Da beneidet sie ihn mit einem Mal um die Gelassenheit, die sie an ihm liebt, um die Weisheit, die er ausstrahlt, und um die Ruhe in seinem Gesicht. Und dann beneidet sie auch das junge Mädchen neben ihm – um das offensichtliche Herz, das sie in sich trägt, um die Anmut ihrer Gesten, um die Schönheit ihrer Gedanken und um die Farbklänge ihres Lachens.

Die Frau des Wissenschaftlers öffnet das Gartentor. Sie betritt den Kieselsteinweg und läuft an den zwei Rhododendronbüschen vorbei bis hin zu der Wiese, auf der Ana und der Wissenschaftler liegen. Die beiden setzen sich auf. Der Wissenschaftler freut sich, seine Frau zu sehen, er sagt einen liebevollen Gruß und lächelt ihr zu, das Mädchen winkt und fragt die Frau, ob sie sich dazulegen möchte, unter die Zauberwolken und die Unendlichkeit der unsichtbaren Sterne, bis der Sturm kommt, oder der Regen, oder beides zugleich.

Einen wunderbaren Moment lang möchte die Frau des Wissenschaftlers ihre Handtasche in das kühle Gras fallen lassen, genau wie all die Lasten, die sie schon ein Leben lang mit sich herumträgt, weil sie niemals gelernt hat loszulassen.

Freizulassen.

Gehen zu lassen.

Einen Moment lang möchte sie leben, intensiv und uneingeschränkt, so wie der Wissenschaftler und das Mädchen auf der Decke. Aber dann erinnert sie sich plötzlich wieder daran, wer sie ist, und wer sie niemals sein wird.

Also schüttelt sie ihren Kopf.

Und dann sagt sie, in ihrem plötzlich aufflammenden Zorn: »Nein, Ana! Ich möchte nicht unter dem hässlichen grauen Himmel liegen! Ich möchte nicht auf die Sturmwolken warten! Und ich möchte auch nicht, dass du jemals wieder in unseren Garten kommst!«

Kaum hat die Frau des Wissenschaftlers dies ausgesprochen, da wird es auf einmal kalt in dem großen Garten. Die Regenwolken werden dichter und dichter. Ein großes graues Loch breitet sich über der Zeit aus.

Ana steht auf.

Sie sieht den Wissenschaftler an.

Auch er steht auf. Und in dem erblassten Licht, das nun den Garten umrandet, sieht es mit einem Mal aus, als würde Ana zwischen dem Wissenschaftler und seiner Frau stehen. Erschrocken tritt Ana einen Schritt zurück. Dabei weiß sie ganz genau, dass es unendlich viele Wege und Ebenen auf dieser riesengroßen Welt gibt. Kein Mensch muss mit einem anderen um die Wette laufen, kein Mensch muss mit einem anderen um ein Ziel kämpfen, um einen Augenblick, um die Zeit.

Doch Ana weiß auch, dass sie nicht bleiben kann. Nicht hier auf diesem gläsernen Untergrund. Denn sie sieht hinab, bis in die tiefsten Windungen dieser Angst, vor der sie steht, sie erkennt den angegriffenen Stolz, die flüsternde Unsicherheit und die Hilflosigkeit einer Frau, die in ihren Verhaltensmustern gefangen ist und nicht davonkommen kann.

Und sie sieht.

In diesem fensterlosen Rahmen.

Ist kein Raum für ihre Bilder.

Ana Davis. Sie weiß, sie muss gehen. Sonst wird sie etwas zerstören, das sie nicht zerstören will. Außerdem ist der Wissenschaftler der Zeit ihr bester Freund. Und was wünschen wir uns mehr, als dass die Menschen, die uns am meisten bedeuten, glücklich sind.

Ana hat verstanden, dass der Wissenschaftler der Zeit nicht glücklich sein kann, solange seine Frau so unglücklich ist. Denn er liebt sie. Mit all ihren Fehlern. Und er ist nachsichtig mit ihrer auflodernden Wut, weil er weiß, dass sie nie gelernt hat, ihren kühlen Verstand mit ihrem warmen Herzen zu verknüpfen.

Und so sehen sich Ana und der Wissenschaftler ein

letztes Mal in die Augen. Sie sehen viel. In diesem kurzen Augenblick.

Und sie sehen weit, weit in die Ferne.

Dann dreht Ana sich um.

Und läuft davon.

Ana Davis. Fünfzehn Jahre alt. Wenn sie nicht in der Schule ist oder für ihre Prüfungen lernt, spielt sie Klavier oder spaziert alleine durch die großen Zimmer und langen Gänge des verlassenen Herrenhauses. An die weißen Wände im Westkorridor malt sie Bilder der Vergangenheit und Bilder der Nacht.

Sie zeichnet Abhandlungen der Zeit.

Wahrscheinlichkeiten.

Möglichkeiten.

Geheimnisse.

Sie zeichnet jeden Augenblick, den sie gesehen hat, jede Farbe, die sie gespürt hat, jedes Geräusch, das sie vernommen hat. Sie zeichnet einen blühenden Garten: Er reicht von den verschneiten Winternächten bis hin zum letzten Frühlingstag, er erzählt vom glühenden Sommer und dem raschelnden Laub im Herbst.

Ana Davis. Das unscheinbarste Mädchen in der Stadt am Waldrand, das sanftmütigste Mädchen auf der ganzen Welt. Sie lebt zurückgezogen in den Schatten der Wirklichkeit, sie tastet sich blind durch den verschwommenen Schleier zwischen Phantasie und Irrsinn. Sie betrachtet die bemalten Wände und weiß, dahinter wartet ein wunderschöner Garten. Aber sie wird nie wieder hinausgehen, um ihn zu betreten.

Denn diese Zeit.

Ist längst vorbei.

Ausgelaufene Minuten kann man nie wieder füllen, sie werden ersetzt durch Seifenblasen. Und so wandert Ana alleine durch das große leere Herrenhaus; sie bewegt sich auf Zehenspitzen, sie schlüpft lautlos durch die Zeit, sie entkommt jeder Vermessung der Welt.

Ob sie traurig ist?

Und einsam?

Natürlich ist sie das.

Ana Davis. Sie hat den Wissenschaftler der Zeit nie wiedergesehen. Sie ist nie mehr hinaus in den Garten gegangen, sie hat nie mehr über seinen Gartenzaun geschaut, sie hat nie wieder aus dem Fenster zurückgesehen.

Aber sie hat ihn vermisst.

An jedem Tag.

Ihr ganzes Leben lang.

Und der Wissenschaftler der Zeit?

Er hat eines Morgens auf seine Uhr gesehen und erschrocken festgestellt, wie spät es geworden ist. Er hat geseufzt und seinen Kopf geschüttelt. Dann wurde er traurig und müde. Und von diesem Tag an ist er nie wieder hinaus in den Garten gegangen, um die Abläufe der Zeit und die Geschehnisse im offenkundigen Zeitrahmen zu betrachten. Er hat nie wieder auf der Wiese gelegen und die Wolken betrachtet, er hat nie wieder dem Vogel und dem Eichhörnchen auf ihrem Baum zugesehen.

Ana Davis und der Wissenschaftler der Zeit. Sie haben die Stadt am Waldrand nie verlassen und sind beide erst viele, viele Jahre später gestorben.

Der Wissenschaftler ist neunundachtzig Jahre alt geworden und saß einsam in einem Lehnstuhl am erloschenen Kamin, als er für immer einschlief. Das letzte Bild, das er vor Augen hatte, war ein kleines Mädchen am Gartenzaun, das lacht und winkt.

Ana Davis ist neunundneunzig Jahre alt geworden und lag einsam auf einer Matratze im Westkorridor des uralten Herrenhauses, um die verblichenen Bilder der Zeit zu betrachten, als ihr Leben leise flüsternd zu Ende ging. Der letzte Augenblick, der sie berührt hat, war ein davonfliegender Kranich am Himmel, dem sie gemeinsam mit einem alten Mann nachsieht.

Ana Davis und der Wissenschaftler der Zeit.

Sie hatten beide ein langes, langes Leben.

Aber nicht nur der Tod trennt unsere Wege.

Manchmal sind es auch einfach die Menschen.

Die zwischen uns stehen.

10

Gavin West. Erfolgreicher Investmentbanker, Vater von drei Söhnen, dreimal geschieden, nicht mehr verheiratet, ehemaliger Alkoholiker, seit fünf Jahren trocken und gerade auf dem Weg zur Arbeit, als einer seiner Söhne anruft.

»Dad«, sagt Decan. »Störe ich dich gerade?«

Gavin West seufzt in den Hörer.

Decan schluckt lautlos. Er stört immer, das war noch nie anders. Denn Gavin West hat nicht viel Zeit für seine Kinder. Er hat zwar nichts dagegen, dass es sie gibt, aber es reicht ihm aus, sie zweimal im Jahr, an Weihnachten und an ihrem Geburtstag, zu sehen. Decan weiß, wie sein Vater denkt. Er hat in den zwölf Jahren, in denen es Decan nun schon gibt, kein einziges Mal etwas mit ihm unternommen. Er überweist der Mutter Geld für den Unterhalt. Er bringt zu den beiden genannten Feiertagen ein paar Geschenke vorbei. Er fragt ab und zu nach, ob sich die Noten in der Schule im akzeptablen Bereich befinden. Das ist alles.

Mehr hat Gavin West nicht zu geben.

Mehr Zeitaufwand zahlt sich nicht aus.

Denn Gavin West ist der bedeutendste Mann im Geldbusiness, der größte Hai im Goldfischbecken – die mächtigsten Männer der Zeit wollen sich mit keinem Geringeren als Gavin West treffen, nur um ihm ihr gesamtes Geld anzuvertrauen.

Die beiden anderen Söhne, die Gavin West aus Versehen in die Welt gesetzt hat, sind mittlerweile schon neunzehn und vierundzwanzig Jahre alt. Sie sind von derselben Frau und spielen gerne Fußball, Squash oder Rugby – Gavin West weiß es nicht so genau. Der eine studiert jedenfalls Literatur, und der andere macht eine Ausbildung zum Erzieher. Gavin West findet beides furchtbar. Er hätte es lieber, wenn sein Nachwuchs sich mit Mathematik und Wirtschaftspolitik beschäftigen würde, oder zumindest mit Zahnmedizin oder Neurochirurgie. Irgendetwas Lukratives. Aber da er nicht vorhat, in irgendeiner weiter reichenden Form Verantwortung für seine Kinder zu übernehmen, oder eine engere Bindung zu ihnen aufzubauen, stört es ihn nicht wirklich. Sollen sie doch ihr Leben mit Trivialitäten vergeuden. Im Haifischbassin der fetten Finanzwale ist sowieso kein Platz für kleine Fische. Hier werden die dicken Deals an Land gezogen. Hier geht es mindestens um Millionen, ein Höchstgebot gibt es nicht, es geht immer noch mehr. Reichtum ist keine Tugend und auch kein Geschenk. Es ist ein knallhartes Geschäft, eiskalte Berechnung, ein Pokermienen-Spiel, gespickt mit sorgfältig getarnten Tretminen. Aber Gavin West ist so gut in seinem Beruf, dass er keine Angst vor Fehlern hat.

Er macht einfach keine.

Das ist eine Tatsache.

So funktioniert Macht.

Gavin West fährt gerne jenseits aller Regeln der Geschwindigkeitsbegrenzungen in seinem Aston Martin durch die Stadt. Er mag die bequemen Ledersitze, die blitzblanken Felgen, das funkelnde Armaturenbrett – und am liebsten mag er die laute Musik aus den hämmernden Boxen. Aber er kann keine Musik hören, wenn er mit seinem Sohn telefonieren muss. Außerdem ruft Decan sowieso viel zu oft an. Zwei-, dreimal im Monat klingelt sein Handy mit einem vorwarnenden Gedudel, das ihm verkündet, dass Decan schon wieder in der Leitung hängt. Gavin West versteht nicht, warum dieser Sohn es einfach nicht lassen kann, ihn zu belästigen. Denn es interessiert Gavin West nun mal nicht, wohin die letzte Schulexkursion geführt hat, was für Songs Decan gerade hört, wie sein bester Freund heißt, was seine Lieblingsfarbe ist, wo er am liebsten abhängt, und am wenigsten von allen Dingen interessiert es ihn, wie Decan sich gerade fühlt. Worte wie *Einsamkeit* und *Sehnsucht* existieren in Gavin Wests Wortschatz nicht. Es macht ihn krank, von depressiven oder melancholischen Menschen umgeben zu sein. Seiner Meinung nach gehören alle kranken Menschen ins Bett oder in die Psychiatrie. Und was auch immer mit Decan nicht stimmt, Gavin West kann es einfach nicht ertragen – dieses flüsternde Suchen nach Antworten, dieses ewige Fragen nach dem großen Warum. Geld ist sowieso die einzige Antwort, die Gavin West kennt und anzunehmen bereit ist. Aber damit kann sein Sohn natürlich nichts anfangen. Decan möchte lieber wissen, warum die Erde immer um ihre eigene Achse rotieren muss und nicht einfach mal stillstehen kann, denn solange die anderen Planeten nichts dagegen haben, müsste das doch okay sein.

Gavin West hasst solche Konversationen.

Am liebsten würde er Decan anbrüllen und rufen: »Sohn! Werd endlich erwachsen! Nimm dein Leben selbst in die Hand und ruf mich nie wieder an!«

Aber Gavin West bekommt Kopfschmerzen vom Brüllen. Er hat schon in seinem Job ständig nervenaufreibende Gespräche und Verhandlungen zu führen, da möchte er sich nicht auch noch in seiner Freizeit damit herumschlagen. Er möchte ungestört seine Musik hören. Er möchte, dass dieses Kind ihn endlich in Ruhe lässt.

Ja, Gavin West ist genervt von diesem Sohn. Und noch viel mehr ist er genervt von der Mutter, die es nicht schafft, ihren Sohn zu einem vernünftigen Menschen zu erziehen, der nicht abhängig ist von der Aufmerksamkeit seines Vaters oder einem zusprechenden Wort. Aber Decans Mutter hat noch nie viel Verstand gehabt, so war es schon gewesen, als Gavin West sie kennengelernt hat, und so wird es wohl auch immer sein. Man sieht ihr den Hang zur Oberflächlichkeit geradezu an: Sie hat lange künstliche Haare, platinblond gefärbt, große künstliche Brüste, Körbchengröße Doppel D, und künstliche Fingernägel, neonpink lackiert. Außerdem hat sie einen unumstrittenen Hang zu Wodka, Sex on the Beach und ihrem hässlichen Pudel mit dem fürchterlichen Namen Lucky. Sie hat ständig einen Kaugummi oder eine Zigarette im Mund. Sie spricht immer zwei Tonlagen zu laut und benutzt dabei auch noch einen entsetzlich billigen Kneipen-Slang. Gavin West wird schon schlecht, wenn er nur daran denken muss. Er hat »diese Person«, wie er sie mittlerweile abfällig nennt, im volltrunkenen Zustand geheiratet und es nur einen Tag später schon wieder bereut. Zwei Tage darauf hat er die Scheidung eingereicht, aber neun Monate danach ist Decan auf die Welt gekommen. Das war der Augenblick, in dem Gavin West sich geschworen hat, sein Alkoholproblem endlich in den Griff zu bekommen und nie wieder eine Frau zu heiraten.

Daran hat er sich gehalten.

Seine Alkoholausrutscher liegen mittlerweile hinter ihm, und Sex hat er nur noch mit Prostituierten oder Wochenend-Affären. Diese Art von Leben gefällt ihm. Er mag käufliche Augenblicke, obwohl er käufliche Menschen eigentlich verachtet. Vielleicht, weil er ganz genau weiß, dass auch er käuflich ist.

Genau wie alle anderen.

Gavin West überlegt einen Moment, ob er einfach wieder auflegen soll. Aber das ist nicht sein Stil. Er will keinesfalls vor einem zwölfjährigen Kind kapitulieren. Außerdem fragt er sich manchmal, wie Decan überhaupt so weit kommen konnte, mit dieser Mutter und einem derart verweichlichten Herzen. Aber Decan selbst hat kein Problem mit seiner Mutter. Er schämt sich zwar manchmal für ihre aufdringliche Art, sich zu kleiden, und die Schimpfworte, die sie in den Mund nimmt, wenn sie zu viel getrunken hat, mag er auch nicht; aber abgesehen davon liebt er sie sehr. Er mag die lustigen Geschichten, die sie ihm manchmal nach der Schule erzählt, und die Art, wie sie gleichzeitig kochen, telefonieren, Radio hören, den Pudel füttern, Wäsche aufhängen und im Internet surfen kann. Sie ist eine coole Ma. Die Jungen aus seiner Klasse beneiden ihn und wollen ständig zu ihm nach Hause kommen.

Aber Decan mag lieber die Stille.

Er hat ein eigenartiges Rauschen in seinen Gedanken, das ihn dazu bringt, alleine durch die Straßen zu wandern und die Lichter hinter den fremden Fenstern zu zählen. Er kennt alle Primzahlen, die man kennen kann, er weiß die Namen sämtlicher amtierenden Präsidenten, er kann mühelos einen Computer zusammenbasteln, er ist in der Lage, Coq au Vin zuzubereiten, und wie die drei Schiffe von Kolumbus hießen, wo sie gebaut wurden und wo sie ankerten, wusste er schon im Kindergarten.

Er ist erst zwölf Jahre alt.

Aber sein Gehirn ist ihm Lichtjahre voraus.

Seine Mutter findet das niedlich.

Sein Vater weiß nichts davon.

»Dad?«, fragt Decan jetzt in den Hörer. »Bist du noch dran?«

Gavin West räuspert sich genervt. Natürlich ist er noch dran. Wo soll er sonst sein. Er ist immer am Zug.

»Was willst du?«, fragt er schließlich unfreundlich. »Dein Geburtstag ist erst in vier Monaten. Und alles, was du haben willst, wirst du kriegen. Schick mir einfach eine Liste.«

»Ich möchte keine Geschenke«, sagt Decan leise. »Ich habe alles, was ich brauche.«

»Warum rufst du dann an?«, fragt Gavin West.

»Nur so«, sagt Decan. »Weil ich gerne deine Stimme höre.«

»Wie bitte!? Warum!?«, fragt Gavin West ungehalten, denn so einen blöden Satz hat er noch nie gehört. Was kann an einer Stimme schön sein? Nicht einmal die stöhnenden Tussis von der Sex-Hotline findet er akustisch interessant. Also, was sollte sein Sohn an seiner Stimme finden?

»Na ja, du bist mein Dad«, erwidert Decan unsicher. »Manchmal vermisse ich dich.«

»Also, jetzt hör mir mal gut zu, Decan«, sagt Gavin West ungeduldig und trommelt dabei mit den Fingerknöcheln seiner linken Hand gegen das Lenkrad. »Ich habe mit deiner Mutter geschlafen, ich habe sie geheiratet, ich habe mich wieder scheiden lassen, und bei all dem Drama bist du entstanden. Das macht dich vielleicht zu meinem Sohn, aber es macht mich noch lange nicht zu deinem Vater. Kapier das endlich. Ich werde dafür sorgen, dass es dir finanziell immer gutgeht, ich werde weiterhin an Weihnachten und an deinem Geburtstag vorbeikommen und dir Geschenke bringen, aber ich will nie wieder einen von diesen zeit- und nervenraubenden Anrufen von dir bekommen! Hast du das verstanden, Decan?«

Einen Augenblick lang ist es still in der Leitung.

Dann sagt Decan: »Ja, Dad.«

»Und nenn mich nicht Dad«, sagt Gavin West.

»Okay, Gavin«, sagt Decan.

»Gut«, sagt Gavin West.

»Also dann«, flüstert Decan.

»Also dann«, sagt Gavin West.

Die beiden legen auf.

Erst der Vater.

Dann der Sohn.

Gavin West. Erfolgreichster Mann in der Stadt am Waldrand, angesehener Finanzexperte, Besitzer von acht Häusern und Vorsitzender des VIP-Golfclubs.

Und der Rest der Wahrheit?

Er ist nicht ganz so wahrhaftig.

Gavin West, der einsamste Mann in der Stadt am Waldrand. Nachts wälzt er sich unruhig umher, weil er nicht einschlafen kann. Er fürchtet sich vor seinen Träumen, denn sie sind alle nackt und leer. Er macht niemals Urlaub, er hat seine Jachten nur, um anzugeben, und seine Ferienhäuser stehen verlassen an den schönsten Stränden der Welt.

Gavin West. Er ist in allen Bordellen und Striplokalen bekannt. Die leichten Mädchen lachen ihn aus, weil er sie dafür bezahlt, dass sie ihm zuflüstern, wie sehr sie ihn lieben.

Bis in die Unendlichkeit.

Für immer. Und mehr.

Sie nehmen sein Geld und setzen sich auf seinen Schoß, sie schlingen ihre hübschen Arme um seinen Hals und raunen ihm mit lipglossbenetzten Schmollmundlippen zu: »Wir lieben dich, Gavin West, wir lieben dich so sehr.«

Gavin West schließt jedes Mal seine Augen, wenn die Mädchen anfangen, für ihn zu flüstern, keiner kann sagen, was er sieht. Aber es scheint ihm zu gefallen, denn sein Atem wird heftig und schwer. Er bäumt sich auf. Er fängt an zu zittern. Die Mädchen flüstern ein weiteres Mal: »Wir lieben dich.«

Und dann freuen sie sich, wenn er kommt.

Weil er anschließend geht.

Gavin West. Der einzige Mensch in der Stadt am Waldrand, der noch nie in seinem Leben einen Freund hatte. Der einzige Mensch weit und breit, der Ignoranz nicht von Geldscheinen unterscheiden kann und keine Ahnung davon hat, wie es sich wohl anfühlen mag, ein Herz zu besitzen.

Gavin West. Vater von drei Söhnen.

Aber ab morgen.

Sind es nur noch zwei.

11

Lincoln Reed, dreiundzwanzig Jahre alt. Er ist Frontsänger und Gitarrist der Band *Rejected by choice.* Seine Kindheit hat er in der Garage seines besten Freundes Mike verbracht, um dort jede freie Minute mit Akkorden und Beats zu füllen. Mittlerweile gehört ihm das größte Studio in der Stadt am Waldrand, und seine Songs laufen ununterbrochen im Radio. Mike ist immer noch sein bester Freund, da hat sich nichts geändert, und auch sonst ist Lincoln eigentlich genau derselbe Mensch geblieben wie damals, bevor er berühmt geworden ist. Er hat weder Interesse daran, Hotelzimmer zu zerschrotten, noch mit all seinen weiblichen Fans zu schlafen. Er mag keine Drogen, trinkt selten Alkohol und weiß nicht, warum es Menschen gibt, die in jedem Satz zweimal »fuck« oder »geil« sagen müssen.

Lincoln Reed ist ein genügsamer Mensch, er ist der jüngste von drei Brüdern und hat gelernt, hinaufzusehen und nicht auf andere herab. Sein Erfolg hat ihn nicht abheben lassen, sondern sein Bewusstsein auf dem Untergrund der Vielfältigkeit eines jeden Augenblicks verankert. Er hat gelernt, jedes Gefühl zu vertonen, jedem Moment einen Klang zu verleihen und jedes Wort mit einer Melodie zu unterstreichen. Ja. Lincoln Reed kennt das Knistern der einbrechenden Stille und den Einbruch der stillen Symphonie. Er weiß, welche Textzeilen seine Fans nie wieder vergessen werden, er weiß, welche seiner Inhalte nur die wenigsten verstehen, und er weiß auch, wie wunderbar leise der Raum in seinen Gedanken ist, wenn alle um ihn herum zu schreien beginnen.

Lincoln Reed. Er hat dunkelbraune, kurze Haare, braune Augen und eine schmächtige Figur. Er ist der Kleinste in der Band, aber trotzdem der Größte. Seine Freunde schätzen ihn, seine Familie ist stolz auf ihn, und sein weiß-grau gestreifter Kater begleitet ihn auf jeder Tour.

Es gibt einen Songtext, den Lincoln Reed mit sechzehn Jahren geschrieben und bisher nicht veröffentlich hat. Niemand kennt diesen Text, abgesehen von seinem besten Freund Mike. Und Mike würde niemals ein Geheimnis verraten, das Lincoln ihm anvertraut hat. Die beiden kennen sich schon aus dem Sandkasten, und abgesehen von ein paar Rangeleien wegen Buddelförmchen oder Schokoriegeln haben die beiden sich noch nie ernsthaft über etwas gestritten. Sie wohnen im selben Haus, Lincoln in der dritten Etage auf der linken Seite, Mike in der dritten Etage auf der rechten Seite. Im Haus gegenüber wohnt Lincolns Oma, die coolste Frau in der Stadt am Waldrand. Sie ist fast neunzig und vergisst zwar hin und wieder, wie ihre beiden Kinder und ihre vier Enkel heißen – aber sie kennt jeden Songtext von Lincoln auswendig und weiß, wie man eine Xbox bedient. Am Wochenende sind Lincoln und Mike immer bei der Oma und zocken mit ihr *Need for Speed* oder *Viva Piñata*. Sie fahren gemeinsam ihre Autos zu Schrott oder züchten pinke Kaninchen mit Zauberhüten und leuchtend gelbe Pferde mit Piercings in den Ohren. Lincolns Oma serviert dazu ihre selbstgebackenen Plätzchen, Mike bringt Cola und Gummibärchen mit, und Lincoln sorgt für Chips und Salzfische mit Sesamkörnern.

Lincolns Oma sagt oft, dass es nichts Besseres gäbe, als die Oma von zwei gut erzogenen Rockstars zu sein. Mike sagt oft, dass es nichts Krasseres gäbe, als von der hippsten Oma aller Zeiten adoptiert zu werden, und Lincoln Reed sagt oft gar nichts, und nimmt seine Oma einfach in den Arm, weil er weiß, dass es nicht leicht ist, alt zu werden.

Lincoln Reed. Er liebt die Bühne und die tobende Menge, er liebt die kreischenden Fans und die bewegten Gesichter. Er liebt den Nachhall des Unterbewusstseins seiner Texte und den Ausklang eines jeden Augenblicks.

Er liebt die Stille.

In jeder Lautstärke.

Er liebt das Licht und die Nacht und die verwischten Grenzübergänge der aufdämmernden Gezeiten.

Lincoln Reed. Er liebt das Dasein mit einem bewussten Sein. Und er liebt das Gefühl, nicht gebunden zu verweilen, in einem Bündnis aus vorgefertigten Minuten und unterwürfigen Stunden.

Lincoln Reed. Er kennt den Verband, der die Zeit zusammenhält, mit all ihren offenen Wunden.

Und er weiß.

Wie man ihn trägt.

Lincoln Reed hat keine Freundin, denn er war noch nie ernsthaft verliebt, und Menschen wie Lincoln sind lieber allein als bei irgendwem. Trotz all dem Ruhm ist er ein Außenseiter, genau wie die anderen Jungs aus seiner Band. Ja. Sie stellen sich dem Rampenlicht und ihren jubelnden Fans, sie geben Autogrammstunden und eine Zugabe nach der anderen. Aber am Abend kehren sie alle zurück in die Garage, in der sie sich schon als Kinder zusammengetan haben, damals, als keiner von ihnen es leicht hatte, irgendwo dazuzugehören. Damals: Doyle hatte zu schiefe Zähne und wurde von allen nur »Dracula« gerufen, Levin war ein hyperaktiver Legastheniker, Mike lebte in einem Heim für schwer erziehbare Kinder, Flow hatte eine Vorliebe für seltsame Frisuren und Outfits, und Lincoln selbst war als Kind so klein gewesen, dass ihn die anderen immer über den Haufen gerannt hatten und anschließend meinten, er solle doch am besten gleich am Boden bleiben, dort unten, wo Unkraut wuchert.

Aber Lincoln ist herangewachsen.

Genau wie seine Freunde.

In dieser Gruppe von Außenseitern hatten sie allesamt festgestellt, dass sie am Rande der gängigen Straßen einen tief verwurzelten Platz für sich beanspruchen konnten, der viel größer war als jede weitläufige Oberfläche. Und als dann auf einmal sämtliche Scheinwerfer auf sie gerichtet waren, Doyles Zähne endlich gerade wurden, Levin sämtliche Buchstaben in seinem Leben durch Noten ersetzen konnte, Mike dem Kinderheim den Rücken kehrte und in seine eigene Wohnung zog, Flow seine seltsamen Frisuren und seine seltsamen Outfits durch noch seltsamere Frisuren und noch seltsamere Outfits ersetzte und Lincoln seine schmächtige Gestalt zu voller Größe aufrichtete – da hatten sie nicht vergessen, woher sie kamen, und wer ihre wirklichen Freunde waren.

Lincoln Reed, Leadsänger und Songwriter der *Rejected by choice*. Wenn er sich nicht gerade im Studio oder im Proberaum befindet, dann sitzt er auf der geheimen Zauberlichtung im Wald, zwischen den drei flüsternden Bäumen, und schreibt Lyrics über das Verschwinden und Wiederauftauchen der unberechenbaren Zeit. Er lächelt, während er seine Worte zu Papier bringt, und manchmal blickt er auch in die Ferne, zu den Wolken, die sich zu Fabelwesen zusammensetzen und hin und wieder in Form eines weißen Kranichs am Himmel vorbeiziehen.

Lincoln Reed. Seine Fans stehen hinter ihm. Genau wie seine Freunde. Denn er hat die seltene Fähigkeit, Schmerz und Glück in einem Klang zu vereinen, ohne die Weiten der Welt zu überlagern. Seine Texte erzählen Geschichten, die Geschichten erzählen, die von den Geschichten der Zeit erzählen.

Und doch.

Bleibt Raum.

Für alles andere.

Lincoln Reed. Der berühmteste Sänger in der Stadt am Waldrand. Der junge Mann, der es schafft, Tausende von Menschen dazu zu bringen, eine einzige Zeile so lange zu wiederholen, bis auch der Letzte im Saal den Hintergrund seiner Stimme verstanden hat.

Lincoln Reed. Sohn von liebevollen Eltern, Enkel der zeitlosesten Oma der ganzen Stadt und Vorbild einer ganzen Generation. Er ist am ersten Tag eines neuen Jahres auf die Welt gekommen. Und doch ist er am letzten Tag eines jeden Jahres der Erste, der sich in sein Bett legt – weil er es liebt, hineinzuschlafen in einen neuen Aufbruch.

Und aufzuwachen.

An einem neuen Tag.

Lincoln Reed. Der glücklichste Mensch in der Stadt am Waldrand, der glücklichste Mensch seiner Zeit.

Obwohl er weiß.

Dass er bald sterben wird.

12

Evelyn Starlet. Sie modelt seit vier Jahren für die größten Designer aller Zeiten, sie wohnt im höchsten Wolkenkratzer der Stadt am Waldrand, sie trägt die teuersten Kleider der Welt, sie lächelt schöner als jede andere, und sie weiß ganz genau, was sie will, und was sie nicht will.

Sie will keine Kinder.

Keinen Mann.

Keine Familie.

Keine Freunde.

Und auch sonst will sie niemanden in ihrem Leben haben. So war es schon immer – selbst als Kind wollte sie lieber alleine im Sandkasten spielen, alleine die Rutsche hinuntersausen, alleine Gänseblümchen pflücken und alleine Gummitwist hüpfen.

Und was sie will?

Eigentlich gar nichts.

Abgesehen von ihrer Ruhe.

Evelyn Starlet, bestbezahlte Frau in der Stadt am Waldrand. Sie liebt die Isolation auf Reisen, sie liebt die fremden Orte, an denen sie niemanden kennt, und sie liebt jeden Kostümball, auf dem sie undurchschaut die Nacht durchtanzen kann.

Evelyn Starlet. Wie ihre Zeit abläuft. Eine Modenschau nach der anderen, jeden Tag ein größeres Hotelzimmer, flüchtige Gesichter, luftleere Gesten, unpersönliche Präsentkörbe, seitenweise Fanmails, Freundschaftserklärungen und Heiratsanträge. Aber niemals verliebt sie sich, niemals lässt sie sich lieben, niemals verrät sie irgendwem ihren richtigen Namen; und niemals spricht sie mehr als ein oberflächliches Wort.

Evelyn Starlet, meistbegehrte Frau in der Stadt am Waldrand. Sie steht gerne im Rampenlicht, sie liebt es, angestarrt und bewundert zu werden. Aber sie hasst es, wenn ihr jemand zu nahe kommt und eine Hand nach ihr ausstreckt, um sie zu berühren.

Evelyn Starlet. Eigentlich weiß niemand irgendetwas über sie. Oder von ihr.

Aber auf der nächsten Ausgabe des großen Wochenmagazins wird in dicker schwarzer Druckschrift die Schlagzeile dieses Jahres stehen:

Evelyn Starlet
Face of the year 2011.
Body of glory 2012.
Sexiest woman alive 2013.
Death by anorexia 2014.

13

Hans Winter, Verleger von *Fitch&Fiction,* sechzig Jahre alt, fünfunddreißig Jahre glücklich verheiratet, zwei Söhne, zwei Schwiegertöchter, zwei Millionen Euro schwer, aber noch schwerer ist sein Herz. Denn an diesem Tag, der zeitlich nirgendwo eingeordnet werden kann, sitzt er in seinem Büro und fragt sich, warum er Bücher verlegt. Ihm will keine gute Antwort darauf einfallen, also nimmt er den Telefonhörer in die Hand und ruft seinen ältesten Sohn an.

»Warum verlegt man Bücher?«, fragt Hans Winter.

»Damit sie gefunden werden können«, erwidert sein Sohn frech. »Was ist los mit dir, Dad? Kommst du jetzt in die Midlife-Crisis? Wir dachten, die hättest du übersprungen.«

Hans Winter lächelt gequält, obwohl sein Sohn durch den Telefonhörer hindurch sowieso nichts sehen kann. Aber er fühlt sich beobachtet, seine rauhe Stimme gibt schon viel zu viel von ihm preis. Er möchte nicht, dass sein Sohn weiß, wie bedrückt er in diesem Moment ist.

»Hey, Dad«, sagt der nichtsahnende Sohn währenddessen gut gelaunt. »Warum wird im Jahre 2050 die Bibliothek der allumfassenden Geisteswissenschaft für freiwillige Leser geschlossen?«

»Keine Ahnung«, sagt Hans Winter und reibt sich über die schmerzende Stirn. »Gibt es die überhaupt?«

»Nein«, erwidert der Sohn seufzend. »Das ist ein Witz, Dad. Also, weißt du die Antwort?«

»Nein«, sagt Hans Winter.

»Das Buch wurde gestohlen«, erklärt der Sohn und lacht vergnügt vor sich hin.

»Haha«, sagt Hans Winter. Er ist nicht in der Stimmung für Späße, obwohl er sonst immer gerne lacht. Und er weiß auch gar nicht so genau, warum er seinen Sohn angerufen hat. Nur wegen dieser einen Frage nach dem verlegten Grund? Auf einmal kommt Hans Winter sich albern vor. Er bedankt sich bei seinem Sohn für den Bibliothekswitz, obwohl er ihn nur zur Hälfte verstanden hat, verabschiedet sich hastig und legt auf. Dann denkt Hans Winter weiter über das Verlegen von Büchern nach. Er grübelt und grübelt, aber kommt zu keinem Schluss, den er vorher noch nicht kannte. Dabei ist es eigentlich ganz simpel: Hans Winter ist Verleger, weil er Bücher mag – er mag Worte, er mag schriftbegabte Menschen, er mag die Verlagswesen um sich herum, und ganz besonders mag er Literatur.

Aber was Hans Winter nicht mag, ist der Tod.

Vor allem dann, wenn er sich mitten ins Leben drängt.

Und das hat er getan.

Ausgerechnet heute, an diesem wunderschönen Sommertag, während die blauäugigen Schäfchenwolken am Himmel vorüberziehen und das Baugerüst, das vier Monate lang an der Fassade des Verlags geprangt hat, endlich wieder abgebaut wird.

Hans Winter guckt aus dem Fenster. Dort draußen fliegen ein paar Vögel durch die Luft, sie surfen im Wind, gleiten im Licht, fallen von Wolken und fangen sich in der Strömung der unsichtbaren Thermik wieder auf.

So sieht es jedenfalls aus.

Und Hans Winter mag es, seine Gedanken unformiert in Worte zu verwandeln. Wenn er etwas mehr Buchstabengeschick hätte, würde er wahrscheinlich selbst Bücher schreiben. Er würde Seite um Seite füllen, mit dem Zauber der nächtlichen Schattenspiele auf dem verlassenen Basketballplatz vor seinem geöffneten Wohnzimmerfenster. Und dann würde er schreiben – von dem ersten Tag auf der überschäumenden See, nachdem die Wüste fast alles verschlungen hat, und von dem schimmernden Streifen am Horizont, dort, wo die Ausläufer des Himmels die Erhebungen der Erde berühren.

Hans Winter schüttelt seinen Kopf. Ein paar unbefestigte Gedanken fallen heraus, aber er trauert ihnen nicht nach. Denn er weiß: Man kann nicht alles halten.

Und außerdem will er in diesem Moment sowieso nicht in die Tiefe blicken. Also fängt Hans Winter an, die Vögel zu zählen, die von rechts nach links an seinem Bürofenster vorbeifliegen. Zwischendurch zieht er alle Vögel ab, die von links nach rechts sein Blickfeld kreuzen. Nach einer halben Stunde ist er bei minus dreizehn angekommen und fragt sich, ob er sich besser fühlen würde, wenn er doch lieber die Vögel von links nach rechts gezählt und die von rechts nach links abgezogen hätte. Dabei macht Hans Winter sich gar nicht viel aus Zahlen. Das ist das Einzige, was ihn manchmal an seinem Job stört, all die Verhandlungen, das Feilschen, das Überbieten, die Verkaufszahlen, die Bestsellerlisten. All das nervt ihn. Und sein allerliebstes Buch, das er schon fünfmal gelesen und zweimal in zwei verschiedenen Verlagen verlegt hat, war sowieso nie auf einer Bestsellerliste zu finden. Doch trotzdem beinhaltet es alles, wonach er je gesucht hat – die Zeit. Immer wieder die Zeit.

Es ist das schönste Buch, das er je in seinen Händen halten durfte, und er würde es auf der Stelle noch einmal verlegen, selbst wenn nur hundert Menschen das Glück hätten, ausgerechnet auf dieses eine Buch zu stoßen.

Aber das ist alles nicht so einfach. Die Buchhändler haben chronische Migräneanfälle wegen der E-Books, die Verlagsvertreter verlieren ihre Arbeit wegen der hinterhältigen Abkürzungen der modernen Kommunikationswege, die Lektoren seufzen wegen der neuen Wortrichtlinien, die Schriftsteller schreiben in ihren ewig langweiligen Kreisen, die Leser stehen lustlos vor den übertrieben gestalteten Covern der überfüllten Ladenregale und kaufen sich dann doch lieber eine DVD.

Hans Winter vergräbt seinen Kopf in den Händen und seufzt. Er will jetzt nicht mehr über seine Arbeit nachdenken. Er will überhaupt nicht mehr denken. Der Anruf, den er heute in aller Frühe bekommen hat, hat ihn aus der Bahn geworfen – und er möchte auch gar nicht wieder einsteigen, in diesen ratternden und ruckelnden Zug. Er will lieber neben den Gleisen herumtaumeln und endlich verstehen, wohin diese seltsame Bahn am Ende der Zeit führen wird.

Es klopft an der Tür. Einmal. Zweimal. Dreimal.

»Ich bin nicht da!«, ruft Hans Winter, ohne seinen Kopf zu heben.

Es klopft ein viertes Mal.

»Ich bin immer noch nicht da«, ruft Hans Winter.

So geht es weiter.

Bis zum Mittag.

Irgendwann wissen alle im Verlag: Hans Winter sitzt in seinem Büro und behauptet seit Stunden, er sei nicht da.

»Er wollte heute auch keinen Kaffee haben«, flüstert die Sekretärin aufgeregt, »und nach seinen Schokokeksen hat er auch nicht verlangt.«

Die Verlagswesen fangen an zu tuscheln. Sie stecken ihre Köpfe zusammen und sagen: »Aber hatte er nicht heute dieses wichtige Gespräch mit Frankreich? Und was ist mit der Besprechung wegen der nächsten Vertreterkonferenz? Was kann nur geschehen sein, das ihn so durcheinandergebracht hat?«

Keiner weiß eine Antwort.

Alles scheint normal zu sein.

Die Uhren ticken.

Die Zeit vergeht.

Aber Hans Winter wird bis zum Abend in seinem Büro sitzen und niemandem die Tür öffnen. Er wird das Klingeln des Telefons ignorieren und weiterhin die Vögel zählen. Erst spät in der Nacht wird er als Letzter das Verlagsgebäude verlassen und über sieben Umwege nach Hause fahren. Seine Frau wird ihm besorgt die Tür öffnen und ihm den Aktenkoffer und die Jacke abnehmen. Sie wird ihn in ihre Arme schließen, ohne zu wissen, was geschehen ist. Und sie wird ihn auch nicht danach fragen. Denn sie kennt und liebt ihn schon lange genug, um zu verstehen, dass er nicht sprechen möchte.

Nicht heute.

An diesem wortlosen Tag.

14

Ein Mädchen mit langen, dunkelbraunen Haaren und nebelregengrauen Augen liegt auf dem kalten Steinboden eines dunklen Kellers. Ihr Atem ist ganz ruhig, so ruhig, als würde sie schlafen – aber sie schläft nie. Sie hat vergessen, was der Unterschied zwischen Alptraum und Realität bedeutet, sie hat verlernt, ihre Augen zu schließen und blind der schwarzen Nacht zu vertrauen. Sie ist gefangen in einem Raum zwischen ihren Gedanken, ihr Handeln ist ihr fremd geworden, jede Bewegung fühlt sich an, als gehörte sie gar nicht ihr.

Das Mädchen mit den nebelregengrauen Augen. Sie blinzelt sich durch die Dunkelheit, sie versteckt sich vor ihrer Angst, sie verliert ihren Verstand.

Denn der Stand der Dinge.

Fällt tief und tiefer.

Auf den Grund.

Den sie nicht mehr sehen kann.

Und das seltsame Geräusch in der Ferne, es klingt nicht so, als würde es sie vermissen. Und das Leben, dort am Ende der Unzeit, ist längst kein Teil mehr von ihr. Und hier, mitten im Sommer, weiß sie gar nicht, was für eine Jahreszeit gerade ist.

Zu lange ist sie nun schon fort.

Zu lange ist die Gefangenschaft ihr Fort.

Sie hat keine Ahnung, welche Farbe der Himmel hat, wie hoch die Nebelschwaden über dem Tal am Waldrand liegen, wie anmutig der Mond die Nacht beherrscht, wann es Morgen wird und wann Mittag, und ob die Abenddämmerung immer noch die Kunst beherrscht, das Rauschen der Stadt in ein leises Flüstern zu verwandeln.

Das Mädchen mit den nebelregengrauen Augen. Sie weiß nicht, wie lange sie schon an diesem Ort ist, sie weiß nicht, wie sie dort hingekommen ist, und sie hat längst aufgehört, darüber nachzudenken, wie schön es wäre, wenn sie davonkommen könnte.

Sie liegt nur da und lauscht auf ihren Atem; das Beben in ihren Lungen erzählt eine Geschichte. Sie versucht sich darauf zu konzentrieren, sie versucht in einer Welt hinter ihren Gedanken zu verschwinden, damit sie nicht mehr hier sein muss.

Hier.

In dieser Kälte, die an ihrer Verfassung zerrt.

In dieser Dunkelheit, die ihren Verstand verschluckt.

Das verborgenste Mädchen in der Stadt am Waldrand. Ihre nebelregengrauen Augen blinzeln und blinzeln, bis die Zeit sich in zwei Nervenstränge mit gegensätzlichen Strömungen spaltet. Es dauert einen Moment, aber dann, endlich, löst sich der Raum um sie herum auf, und die grauen Betonmauern verschwinden. Es gibt ein lautes, krachendes Geräusch, als ein paar Stahlsäulen einstürzen und eine Wolke aus Staub und Steinsplittern sich über das Mädchen herablegt.

Dann folgt Stille. Für das unsichere Verharren eines rastlosen Augenblicks geschieht nichts, rein gar nichts. Wie festgefroren hängt die Staubwolke in der Luft, unbewegliches Geröll macht sich breit, unsichtbare Zeit läuft davon, kommt zurück, rennt von dannen, schleicht umher, vergräbt sich selbst.

Aber dann, als würde sie von den Toten auferstehen, setzt sich das Mädchen langsam auf und wischt sich etwas Staub und ein paar Spinnweben aus ihrem Gesicht.

»Ist alles okay?«, fragt eine Stimme aus dem Nichts.

Das Mädchen sieht sich verwundert um.

»Hier drüben«, sagt die Stimme.

Und auf einmal kommt hinter einem wiederauferstandenen Stahlträger eine junge Frau hervorgetreten, die genauso aussieht wie das Mädchen, das sich gerade aus dem Staub gewühlt hat.

»Wer bist du?«, fragt das Mädchen mit den nebelregengrauen Augen.

»Ich bin du«, sagt die junge Frau leise.

»Aber das kann nicht sein«, sagt das Mädchen kopfschüttelnd. »Es gibt mich nur einmal. Und außerdem bist du viel älter als ich.«

Da lacht die junge Frau leise.

Leise und traurig.

»Ich bin genauso alt wie du«, flüstert sie kaum hörbar in die staubbedeckte Vergangenheit.

»Was?«, fragt das Mädchen erstaunt. »Wie kann das sein?«

»Sieh ganz genau hin«, flüstert die junge Frau und tritt dabei so dicht an das Mädchen heran, dass sie sich fast berühren. »Sieh ganz genau hin. Denn siehst du – da vorne, da vorne …«

An dieser Stelle verstummt die junge Frau.
Sie lächelt einen Moment verloren.
Dann schließt sie ihre Augen.
Und verschwindet.

Das Mädchen mit den nebelregengrauen Augen bleibt alleine zurück. Es dauert ein paar Sekunden, bis sie versteht, dass sie gerade mit sich selbst gesprochen hat. Es dauert ein paar Minuten, bis sie begreift, dass sie wirklich der einzige Mensch ist – hier, in diesem verwüsteten Raum.
Und es dauert eine ganze Stunde.
Und eine halbe Ewigkeit.
Bis sie erkennt.
Dass ihre Lebenszeit verstrichen ist.
Strich um Strich. Genau wie sie es in die Wand geritzt hat, in den ersten Wochen, bevor sie die Zeit verloren hat.

Das Mädchen mit den nebelregengrauen Augen. Unsicher zupft sie sich einige Spinnweben aus ihren langen Haaren, dann streift sie die verbliebenen Staubflocken und den Schmutz von ihrer Kleidung. Mitten in der Bewegung hält sie inne und lässt ihren Blick über sich selbst wandern: Überall auf ihrer Haut sind blutige Kratzer und blaue Flecken. Einige Rippen scheinen gebrochen zu sein, und der Knöchel von ihrem rechten Fuß ist seltsam verdreht, genau wie zwei ihrer Finger.
Nachdenklich betrachtet sie ihre Gestalt.
Wie von weit her erkennt sie ihre Umrisse.
Einen Moment lang bekommt sie Panik, einen Augenblick lang möchte sie die Flucht ergreifen – ihre

Augen verschließen und rennen und rennen, so weit sie nur kann.

Aber dann versteht sie.

Ihr Knöchel ist gebrochen.

Genau wie ihr Bein.

Sie wird nirgendwo mehr hinrennen können. Sie wird nicht weiter kommen als bis zu der abgeschlossenen Kellertür. Für ein paar einsame Minuten empfindet sie endlose Trauer und Angst und Schmerz.

Aber dann auf einmal vergeht dieses Gefühl.

Und mit ihm alle anderen Gefühle.

Da weiß das Mädchen: Es ist okay, an diesem Ort zu bleiben. Es ist okay, hier zu sterben. Denn sie wird keine Schmerzen mehr haben. Es wird nie wieder weh tun.

Alles ist ganz still.

Totenstill.

Stilllebend.

Das Mädchen mit den nebelregengrauen Augen erinnert sich an den Geschmack von Erdbeereis und den Geruch von verglühten Wunderkerzen. Sie summt ein Lied, das sie einmal kannte, sie flüstert ein paar Worte, die sie einst gesagt bekommen hat.

Und dann, in der Absolution eines verlorenen Daseins, an dem Punkt, an dem sich jegliche Erkenntnis bündelt und selbst auslöscht, um nicht an Gültigkeit zu verlieren, um unantastbar zu bleiben, für alle Ewigkeit – an diesem einen unbestätigten Punkt verwandelt sich die Angst des Mädchens in sanftmütige Beständigkeit.

Das Mädchen lächelt.

Denn nun weiß sie alles.

Und sie versteht: Sie wird frei sein und zurück nach Hause kehren. Alles, was geschehen ist, wird sich in Luft auflösen. Die Luft wird davonfliegen, in eine ferne Welt und dort zwischen den herabfallenden Regentropfen eine leise flüsternde Geschichte erzählen. Irgendwo am Boden wird ein See sich ausbreiten, so weit, dass er irgendwann einen Fluss erreicht. Und dieser Fluss wird aufgeregt vor sich hin gurgelnd durch Wälder und Wiesen streifen, einige Bäche besuchen, einige Täler begrüßen, an einem weiteren See haltmachen und schließlich im Ozean münden.

Und dort.

Dort.

In der unendlich blauen Weite.

In der Tiefe der weißen Wellen.

Im Abgrund der Gezeiten.

Dort. Wird sie ankommen.

Und aufwachen.

15

Rachel Hart, sechzehn Jahre alt, das beliebteste Mädchen der Klasse. Sie hat sonnenstrandblonde Sommerhaare und grasgrüne Frühlingsaugen. Ihr Lächeln ist unermüdlich, fortwährend. Schritt für Schritt geht sie ihren Weg. Es gibt keinen Schüler, der ihren Namen nicht kennt, es gibt keinen Lehrer, der ihr eine schlechtere Note als eine Drei geben würde.

Rachel Hart, Tochter eines Richters und einer Anwältin. Ihre Familie besitzt das schönste Grundstück der Stadt, vierzehn Zimmer, vier Badezimmer, ein riesengroßer Garten und ein See, der bis an den Waldrand reicht. Ja. In dieser Familie hat es immer Geld im Überfluss gegeben, Reichtum ist eine angeborene Selbstverständlichkeit, die weitervererbt wird, von Generation zu Generation, bis hin zu Rachel Hart. Sie besitzt drei Konten mit mehr Geld, als sie jemals haben wollte, sie hat drei Zimmer und eine eigene Bibliothek, jeder Wunsch wird ihr von den Lippen abgelesen, sie braucht keinen Finger zu rühren, denn das Hauspersonal kümmert sich um alles.

Rachel Hart. Sie hätte das verwöhnteste Mädchen der Stadt am Waldrand sein können, aber sie hat sich dafür entschieden, einen besseren Weg einzuschlagen. Denn sie hat früh gelernt, sich für die wesentlichen

Werte zu entscheiden, sie hat rechtzeitig erkannt, dass der wahre Preis des Lebens unbezahlbar ist.

Und so ist Rachel Hart, das Mädchen mit dem höchsten Kontostand, gleichzeitig das Mädchen mit dem größten Herzen. Ihre Eltern könnten stolz auf sie sein, weil sie bodenständig, aufmerksam und hilfsbereit ist, aber stattdessen sind sie sauer, weil Rachel lieber Kunstgeschichte als Rechtswissenschaften studieren will. Alle in der Familie Hart haben bisher Jura studiert.

Ausnahmslos.

So war es schon immer.

Und so soll es auch immer sein.

Rachel Hart hat zwei ältere Brüder. Der eine hat gerade mit seinem Jurastudium begonnen, und der andere ist schon fast fertig. Sie sagen zu Rachel: »Du solltest es dir noch einmal überlegen, in dieser Familie halten wir zusammen – du wärst die Erste, die aus der Reihe bricht.«

»Aber ich interessiere mich nicht für das Recht in Paragrafen«, erwidert Rachel. »Ich mag Bilder und Rahmen und Leinwände.«

»So ein Schwachsinn«, sagen ihre Brüder. »Damit wirst du nie erfolgreich und angesehen werden.«

»Ich möchte lieber gesehen werden, als angesehen zu sein«, sagt Rachel.

»Ach, du!«, sagen ihre Brüder. »Gib doch zu, dass du all das Geld, das unsere Eltern für uns angelegt haben, genauso liebst wie wir!«

Rachel schüttelt schweigend ihren Kopf.

»Nein«, sagt sie schließlich leise. »Ich will dieses Geld nicht haben.«

Da lachen ihre Brüder sie aus.

Sie stoßen sich an, zwinkern sich zu, und lassen Rachel alleine in der Küche zurück. Sie weint und geht auf ihr Zimmer. Dort verkriecht sie sich in ihrem Bett und wünscht sich ein anderes Leben. Denn sie weiß etwas, das sie nicht wissen sollte. Sie kennt das hässliche Familiengeheimnis.

Rachel Hart. Kein Mensch in der Stadt am Waldrand kennt ihre wahre Geschichte. Für alle Außenstehenden ist sie das glücklichste Mädchen aller Zeiten. Sie wurde in eine der angesehensten und einflussreichsten Familien der Stadt geboren. Sie hat zwei umwerfend charmante Brüder und erfolgreiche Eltern, die ihre Abende auf den High-Society-Partys der Stadt verbringen. Alle Mädchen reißen sich darum, Rachel Harts beste Freundin zu sein. Aber obwohl Rachel immer freundlich und liebenswert ist, hält sie alle Menschen auf einer gewissen Distanz. Sie geht niemals mit einem Jungen aus, obwohl sie seit der Grundschule mit Liebesbriefen überschüttet und ständig zu irgendwelchen Geburtstagsfeiern eingeladen wird. Wenn sie irgendwo hingeht, dann immer alleine. Es dauert sowieso keine Minute, da ist sie auch schon umzingelt von einer Gruppe aufgeregt tuschelnder Mädchen, die alle so tun, als gäbe es keinen Menschen, über den sie mehr wüssten als Rachel Hart. Dabei weiß keiner die Wahrheit über sie. Keiner weiß, warum sie sich dafür entschieden hat, lieber alleine zu bleiben, als irgendwem zu vertrauen. Die Jungen halten es für ein aufregendes Spiel und schließen Wetten darüber ab, wer es wohl als Erster schaffen wird, Rachels Herz zu erobern. Sie wissen nicht, dass keiner von ihnen die geringste

Chance hat. Die Mädchen hingegen sind fasziniert, von Rachels Anmut und ihrer Unantastbarkeit. Kein anderer Mensch in der Stadt am Waldrand ist so verfangen in sich selbst und doch so allgegenwärtig wie Rachel Hart. Es ist aufregend, ihre Gesten zu betrachten, ihre Wege nachzuvollziehen und ihren Worten zu lauschen.

Niemals sagt sie zu viel.

Und wenn sie zu wenig sagt, dann immer aus einem Grund, den keiner erkennen kann, obwohl es offensichtlich ist, dass er da sein muss, in den Tiefen ihrer Erkenntnisse.

Rachel Hart. Ein wunderschönes, reiches Mädchen mit einem undurchsichtigen Verstand und einer verletzlichen Seele. Sie könnte Schauspielerin werden, so gut beherrscht sie diese Rolle, die sie nun schon seit Jahren spielt. Und keiner versteht, dass sie der Schlüssel ist.

Zu jeder verlorenen Geschichte.

Es ist Frühling. Rachel Hart sitzt auf den Treppen vor dem Schulgebäude und ist wie immer umgeben von einer ganzen Schar Mädchen. Sie flüstern Rachel Geheimnisse zu und erzählen von den Knutschereien auf der letzten Party. Rachel Hart lächelt und wirft ein paar nichtssagende Sätze in die Runde; alle hängen an ihren Lippen und warten darauf, dass Rachel endlich, endlich verrät, wen sie im Jahresbuch als ihre beste Freundin nennen wird. Aber das einzige Mädchen, mit dem Rachel wirklich gerne befreundet wäre, heißt Ana Davis und spricht kaum ein Wort. Sie war schon immer das stillste Mädchen in der Klasse gewesen, aber seit dem stürmischen Tag vor fast drei Jahren, an dem sich eine riesige Gewitterwolke vor die weiße Kranichgestalt am Himmel geschoben hat, ist Ana so gut wie unsichtbar geworden. Sie sitzt einfach nur im Unterricht und starrt die Tafel an, als könnte sie direkt hindurch bis in eine vollendete Ewigkeit gucken, die ihren Namen trägt. Wenn ein Lehrer Ana aufruft, gibt sie immer die richtige Antwort, aber wenn ein Schüler sie anspricht, schüttelt sie einfach nur stumm ihren Kopf und schaut aus dem Fenster. Keiner kann etwas mit Ana anfangen, keiner kann ihren Blick einfangen; und mittlerweile scheint keiner mehr zu wissen, dass sie überhaupt noch existiert. Aber Rachel Hart hat Ana Davis vom ersten Schultag an geliebt. Zuerst wusste sie nicht, dass es Liebe ist, was sie empfindet. Zuerst dachte sie, da wäre einfach nur ein Mädchen, mit dem sie gerne etwas Zeit verbringen würde, aber dann ist Rachel älter geworden und Ana auch, und während die kichernden Mädchen um Rachel herum alles getan hätten, um ihre Aufmerksamkeit zu erlangen, hat Ana weiterhin alles und jeden ignoriert. Da hat Rachel, wie aus dem Nichts heraus, auf einmal verstanden, dass sie Ana liebt. So sehr, dass sie es akzeptieren kann, dass dieses seltsame Mädchen niemanden an sich heranlassen möchte und lieber alleine und zurückgezogen lebt, in diesem einsamen Herrenhaus, in das sie noch nie jemanden eingeladen hat. Und solange Ana Davis still vor sich hin gelächelt hatte und ein glücklicher Mensch zu sein schien, war es für Rachel genug gewesen, einfach nur im selben Klassenzimmer mit Ana zu sitzen und ab und zu ihren Anspitzer auszuborgen. Aber seitdem Ana aufgehört hat zu lächeln, und von Monat zu Monat blasser und trauriger wird, leidet Rachel darunter, dass sie es nicht schafft, zu Ana durchzudringen, obwohl sie sich im Grunde genommen genauso von allen zurückzieht. Trotzdem versucht Rachel Hart, jeden Tag aufs Neue, Ana wieder zum Lächeln zu bringen. Sie bastelt kleine Geschenke für sie und teilt ihre Schulbrote mit ihr. Ana freut sich jedes Mal darüber und nickt zum Dank – aber sie möchte nicht sprechen. Es ist, als hätte sie Angst vor einer Freundschaft, als hätte jemand den Glauben an die Menschlichkeit in ihr zerstört.

Rachel kann das gut verstehen, auch sie würde gerne für immer schweigen. Aber sie kann nicht. Eines Tages wird die Zeit sie überholen; und sie wird es nicht schaffen, aufzuholen und alle Fehler der Vergangenheit zurück in die beeinflussbare Gegenwart zu bringen.

Der Frühling geht vorbei. So schnell, als wäre er auf der Flucht, oder als hätte er gar nicht erst begonnen. Und da versteht Rachel etwas, über das sie vorher nie nachgedacht hat: Verhältnismäßigkeit verhält sich mäßig gegenüber der haltlosen Verirrung eines ungehaltenen Menschen.

Sie betrachtet ihr Gesicht im Spiegel.

Sie erkennt die letzten Tage.

Sie sieht die Regeln der Zeit.

Und sie versteht, was bleibt, und was verschwindet, und was kommen muss, damit es weitergehen kann. Für irgendwen. Oder für alle anderen. Unabhängig von ihr. Denn dieses kleine Puzzleteil ist längst durch den Rahmen gefallen.

Und so kommt der Sommer. Der lange, heiße Sommer, in dem Rachel Hart ihre letzte Prüfung schreibt.

Sie sitzt neben Ana Davis im Klassenzimmer und beendet die Schulzeit mit einem Aufsatz über die Abwegigkeit der verwegenen Zeit. Wie zufällig streift Rachel einmal Anas Arm.

Die Berührung brennt.

Denn Rachel weiß.

Dass sie Ana nie wiedersehen wird.

Rachel Hart und Ana Davis legen gleichzeitig ihre Stifte aus der Hand und schieben ihre Papierbögen zusammen. Sie sind fertig. Sie haben diese Zeit überstanden. Sie haben, jede auf ihre Art, eine Stille bewahrt, die niemand verstehen konnte. Sie sind Freundinnen geworden. Lautlos und unerkannt. Aber sie haben sich gehalten, bis hierhin, zu diesem Augenblick.

Ana steht auf.

Sie gibt ihre Klausur ab.

Dann dreht sie sich ein letztes Mal zu Rachel um, lächelt ihr zu, und geht kurz darauf aus dem Raum. Rachel blickt sich um, die anderen Schüler sind alle noch am Schreiben. Das Geräusch von Stiften, die eilig über weißes Papier kratzen, erfüllt die Luft. Hin und wieder räuspert sich jemand, ein Junge hustet, ein Mädchen seufzt, irgendwer öffnet das Fenster.

Rachel streicht sich eine Strähne aus ihrem Gesicht. Sie fühlt sich blass und fiebrig, dabei sieht sie aus wie immer. Nur etwas verloren wirkt sie. Aber auch das geht schnell vorbei. Von einer Sekunde zur nächsten fängt Rachel ihre ziellosen Gedanken wieder ein und holt sie zurück in die Gehirngänge, in denen seit Monaten kein einziger Augenblick Ruhe geherrscht hat.

Rachel Hart verabschiedet sich stumm von ihren eifrig schreibenden Klassenkameraden. Dieses Bild wird sie nie vergessen – es ist so friedlich, wie alles, was sie kennt und erkennen möchte. Es ist das Leben, das sie verpasst hat. Es ist die Furcht vor dem Teil in ihr, der flüstert und flüstert, von Gewalt und Angst und den Lügen ihrer Familie.

Es gibt keinen guten Ausgang.

Für diesen Untergang.

Und einen Ausweg.

Gibt es auch nicht.

Rachel schluckt einmal; aber dann greift sie nach ihrer Tasche, steht auf und packt ihre Sachen zusammen. Nachdem sie kurz darauf ihre Klausur auf dem Lehrertisch abgelegt hat, verlässt sie das Klassenzimmer. Sie betritt den langen Flur mit den bekritzelten Wänden und erreicht wenig später die Toiletten.

Rachel Hart schiebt die quietschende Tür auf, versichert sich, dass sie alleine ist, und öffnet schließlich ihre Tasche. Sie greift nach einer kleinen Dose mit Pillen, schüttet den Inhalt auf ihre Handfläche, und betrachtet einen kurzen Augenblick lang ihr wunderschönes Gesicht in dem schmutzigen Spiegel über dem Waschbecken.

Der Abschied fällt ihr schwer.

Aber es ist Zeit.

Ihr Geheimnis zu offenbaren.

Rachel Hart blinzelt ein letztes Mal.

Dann holt sie tief Luft.

Und schluckt und schluckt.

Rachel Hart. Das unerkannte Mädchen in dem grausamsten Geschehen, das die Stadt am Waldrand je umfangen hat. Das Mädchen mit den langen Haaren und dem unbetrübten Lächeln im Gesicht. Das Mädchen, von dem alle dachten, sie würden es kennen.

Das eine Mädchen.

In dieser einen Stadt.

An diesem weiten Waldrand.

Rachel Hart. Sie verlässt das Schulgebäude und gibt zwei Straßen weiter einen Brief bei der Post ab. Dann macht sie sich auf den Weg in Richtung Schlosspark. Es ist nicht weit, aber ihre Schritte werden immer langsamer, mit der Zeit. Und ihr Lächeln. Wird immer müder.

Mit genau derselben.

Zeit.

Rachel Hart. Das Mädchen mit dem größten Geheimnis in der Stadt am Waldrand. Sie erreicht schweigend das riesige Schloss mit dem angrenzenden Park.

Eine Stunde später.

Finden zwei Kinder ihre Leiche.

Auf der Wiese ganz hinten am Waldrand.

16

Erik Stevenson. Er ist sechs Jahre alt und klüger als alle Menschen, die er je getroffen hat. Das liegt nicht daran, dass Erik erst sehr wenigen Menschen begegnet ist, oder ausschließlich von dummen Menschen umgeben ist.

Nein.

Erik Stevenson ist hoch begabt.

Den größten Teil seiner Zeit verbringt Erik damit, sich zu wünschen, etwas weniger schlau und dafür etwas mehr dumm zu sein. Aber wie das so ist, mit Wünschen, die man ins Nichts hinausschickt – es kommt meistens nichts zurück, und so ist Erik Stevenson weiterhin viel zu intelligent, um mit Kindern in seinem Alter spielen zu können, ohne dabei alle fünf Minuten in eine unbestimmte und stimmungslose Traurigkeit zu verfallen oder von einem Tobsuchtsanfall heimgesucht zu werden. Dabei ist Erik eigentlich ein fröhliches und gelassenes Kind, was angesichts der Tatsache, dass Erik pausenlos am Denken ist, ein wichtiger Bestandteil seiner Überlebensstrategie ist; und wütend ist Erik normalerweise auch nicht gerne, aber manchmal kann er einfach nicht begreifen, was so schwer daran sein kann, ein Buch zu lesen, und es anschließend auswendig aufzusagen. Erik findet es unglaublich, dass es Menschen gibt, die nicht wissen, wie man einen PC konfiguriert, oder Probleme beim Reparieren ihres Auspuffs haben. Denn wenn Erik etwas lernen möchte, dann geht er einfach los und guckt zu, wie ausgewachsene Menschen etwas machen, und anschließend kann er es in der Regel auch. Wenn das nicht der Fall ist, dann liegt das meistens nicht an Erik, sondern an dem Erwachsenen, dem er bei der Arbeit zugeguckt hat. Wie Erik feststellen musste, kommt es nämlich vor, dass Menschen, von mitunter sehr geringem Verstand, es irgendwie schaffen, einen Job als Handwerker oder Telefon-Anschluss-Freischalter zu bekommen. Und von solchen Menschen kann Erik natürlich nicht lernen, wie man Laminat verlegt oder DSL-Netzwerke verknüpft. Aber anhand einiger logischer Ableitungen lernt Erik mittlerweile auch ziemlich schnell aus Fehlern, die andere begehen, bevor er sie selbst begehen muss, und so bringen ihm sogar die falschbegabten Menschen einige nützliche Dinge bei. Wie zum Beispiel Blätterteig machen (das kann Eriks Mutter nicht einmal mit Rezept), vorwärts einparken (das können weder Eriks Mutter noch Eriks Tante), rückwärts einparken (das können weder Eriks Mutter noch Eriks Tante noch Eriks Oma noch die Nachbarin), den Kühlschrank reparieren (das können weder Eriks Papa noch Eriks Onkel noch Eriks Opa) und aus einem Diaprojektor einen Beamer basteln (das konnte der Nachbar von Erik nur halb, dann ist er an einem falschen Kabel gescheitert).

Ja. So ist das mit Erik Stevenson. Er kann viele Dinge, die er gar nicht unbedingt können will oder muss. Und er kann viele Dinge nicht, weil sie so simpel sind, dass er nicht weiß, wozu er sich damit beschäftigen sollte. Manchmal fragt sich Erik ernsthaft, wie all die weniger begabten Menschen überhaupt durch ihr Leben kommen. Aber er traut sich nicht, danach zu fragen, denn diese anderen Menschen erscheinen ihm hin und wieder so hilflos und unsicher, dass er Angst hat, ein Gespräch mit ihnen anzufangen. Außerdem hat er keine Ahnung, wie langsam und mit welchen Worten er sprechen muss, um nicht überhört oder fehlgehört zu werden. Also sitzt Erik oft alleine in der Gegend herum und beobachtet das Treiben der anderen Menschen. Das wirft natürlich weitere Fragen auf. Zum Beispiel ist Erik es gewohnt, sämtliche Probleme selbst zu lösen, und deshalb kann er einfach nicht begreifen, warum so viele Menschen ständig so aufgeregt durch so viele Gegenden rennen müssen, nur um andere Menschen aufzutreiben, die ihnen rein gar nicht helfen können, sondern ebenfalls anfangen, aufgeregt herumzurennen, so dass das ursprüngliche Problem immer weiter übersprungen und größer und größer und unlösbarer wird.

Erik Stevenson ist sich aufgrund seiner gründlichen Beobachtungen mittlerweile sicher, dass es eine unendlich große Zahl von Menschen gibt, die es nur mit Hilfe eines glücklichen Zusammenspiels mehrerer unerklärlicher Faktoren geschafft haben, erwachsen zu werden.

Ja. Da ist er sich absolut.

Und vollkommen.

Sicher.

Erik Stevenson. Der am schnellsten denkende Mensch in der Stadt am Waldrand. Er ist sehr oft sehr einsam und sehr traurig. Denn er hat keine Ahnung, was man mit einem Playmobil-Zoo anfangen könnte, er weiß nicht, wozu man Plastikautos oder Gummischnippsbänder braucht, und er versteht auch nicht, was an einem so simplen Spiel wie Memory spannend sein soll.

Die anderen Kinder mögen Erik eigentlich sehr gerne, denn er ist nett und hilfsbereit, aber gleichzeitig haben sie auch Angst vor ihm, denn er weiß mehr als alle Erzieher und Erzieherinnen zusammen. Und neulich, als am Erklärtag ein Polizist zu Besuch im Kindergarten war, da hat Erik Stevenson hundertelf Fragen gestellt, von denen der Polizist gerade mal zweieinhalb beantworten konnte. Das fanden natürlich alle sehr unheimlich. Weil Polizisten gefälligst die klügsten Menschen auf der Welt sein sollen, gleich nach Politikern und Piloten und PISA-Studien-Mitarbeitern.

Das ist also das eine Problem. Das andere ist natürlich genau dasselbe. Denn Erik Stevenson kann mit Hilfe von ein bisschen Draht und seiner Sammlung von Dietrichen fast jede Tür aufbrechen, und er weiß sogar, wie man im Bürgeramt anruft, um einen Termin mit dem Vorsitzenden des Umweltbelastungsausschusses zu vereinbaren. Das verstehen die anderen Kinder zwar nicht, aber sie finden trotzdem, dass es ziemlich cool klingt; und so gesehen hat Erik Stevenson immerhin keine richtigen Feinde, aber richtige Freunde hat er auch nicht.

Eriks Eltern sind beide Psychologen und haben sich an Eriks viertem Geburtstag bei einer Ehetherapie angemeldet, um dem durch seine überschüssige Intelligenz verursachten Stress entsprechend entgegenhandeln zu können.

Einmal ist Erik mit zu dieser Therapie gegangen. Da war er schon fast viereinhalb Jahre alt und hatte keine Lust mehr, das Lexikon für Naturwissenschaften auswendig zu lernen, und so hat er seinen Eltern verkündet, dass er es verantwortungslos fände, wenn er die beiden zweimal die Woche zu einer tief in die Seele eingreifenden Therapiestunde gehen lasse, ohne sich vorher mit allen erdenklichen Auswirkungen auseinanderzusetzen. Eriks Eltern haben beide geseufzt, aber sie haben nicht versucht zu diskutieren (damit hatten sie schon an Eriks drittem Geburtstag ein für alle Mal abgeschlossen, als er eine Rede über das Für und Wider von E10-Kraftstoff gehalten hatte und diese auch noch ganz beiläufig mit einer ellenlangen Ansammlung von Formeln und Diagrammen begründet hatte). So waren die drei also gemeinsam bei der Ehetherapie aufgekreuzt und hatten ziemlich unbeholfen in dem sterilen Raum gesessen, bis Erik schließlich nach zwanzig Minuten aufgestanden war, der Therapeutin kopfschüttelnd einen sehr entsetzten Blick zugeworfen hatte und an seine Eltern gewandt meinte: »Kommt, wir gehen! Sonst seid ihr beiden in spätestens fünf Monaten geschieden.«

Eriks Eltern hatten sich bei der Therapeutin entschuldigt und waren ihm dann hinaus auf die sonnenbeschienene Straße gefolgt.

»Was sollte das denn!?«, hat Eriks Vater sofort ungehalten gefragt und beide Augenbrauen zusammengezogen. »Was zum Teufel hast du dir dabei gedacht?«

»Verdammt noch mal, Erik!«, hat Eriks Mutter

wütend hinzugefügt. »Wir gehen schon seit Monaten zu dieser Therapie!«

»Allein daran solltet ihr sehen, dass sie nichts bringt«, hat Erik daraufhin schulterzuckend erwidert. »Also werdet endlich erwachsen oder sucht euch eine Ehetherapeutin, die nicht mit einem Scheidungsanwalt verheiratet ist und Aktien des größten Pharmakonzerns aller Zeiten besitzt!«

»Woher willst du das denn wissen!?«, hat Eriks Vater empört gefragt.

»Auf ihrem Tisch lag ein Zettel mit folgenden Zahlen: 1.80, 1.57, 2.20«, hat Erik seelenruhig erwidert. »Das sind die Kursschwankungen der letzten Wochen. Ich habe Nachrichten geguckt.«

»So, so«, hat Eriks Vater gesagt. »Du lernst jetzt also auch die Aktienkurse auswendig.«

»Und woher willst du wissen, dass ihr Mann ein Scheidungsanwalt ist?«, hat Eriks Mutter währenddessen weiter gefragt.

»Auf dem Tisch standen Pralinen, und daneben lag ein Brief ... *für meine wundervolle Frau, danke für die herrliche Zusammenarbeit* ... der Briefkopf gehörte zu einem gewissen Richard Seling, Scheidungsanwalt. Und jetzt erklärt mir doch mal, warum sich ein Scheidungsanwalt bei einer Ehetherapeutin für die Zusammenarbeit bedankt!?«

Das war der Moment, in dem Erik Stevensons Eltern beschlossen haben, nur noch so wenig wie möglich mit Erik zu reden, weil sie sich nicht ganz sicher waren, ob sie mit ihrem Sohn umgehen konnten, oder eher doch nicht. Und so haben die beiden sich eine neue Ehetherapeutin gesucht, und ein Kindermädchen eingestellt, das Tag und Nacht für Erik Zeit hat und dafür sorgt, dass er nicht aus Versehen eine Biowaffe oder die Formel zur Unsterblichkeit entdeckt.

Erik Stevenson. Der intelligenteste Mensch in der Stadt am Waldrand. Er ist noch nicht einmal sieben Jahre alt, und sein Gehirn ist schon jetzt so groß, dass er es alleine kaum tragen kann.

An diesem Abend sitzt er mit seinem Kindermädchen auf dem Dachboden und schraubt an einer Festplatte herum. Das Licht dort oben ist dämmrig, und die Luft riecht nach ausgerupften Vogelfedern und altem Holz, aber Erik liebt den Dachboden, denn vom Fenster aus kann man bis hinüber zum Waldrand sehen. Und wenn es einen Ort gibt, den Erik noch mehr mag als den staubigen Dachboden, dann ist das die geheime Zauberlichtung mitten im Wald. Denn dort, zwischen den drei uralten, mächtigen Bäumen, fühlt Erik sich geborgen; dort flüchtet er immer hin, wenn er traurig ist, weil keiner ihn verstehen kann. Aber seit Erik das Kindermädchen hat, ist er nicht mehr so oft unglücklich. Am Anfang fand er die Vorstellung zwar schrecklich, dass ausgerechnet er jemanden haben sollte, der auf ihn aufpasst, aber dann hat er sehr schnell festgestellt, dass sein Kindermädchen gar keine Anstalten macht, ihn wie ein kleines Kind zu behandeln, sondern einfach nur für ihn da ist, und ihm zuhört, ganz egal wie schnell und mit was für außergewöhnlichen Worten er redet. Und als das Kindermädchen ihm schließlich auch noch zugeflüstert hat, dass es auch viel zu schnell viel zu viele Worte und Zahlen auswendig konnte, da hat Erik sich gefreut wie noch nie zuvor in seinem Leben. Und deshalb hat es nicht lange gedauert, bis Erik sein Kindermädchen so fest in sein Herz geschlossen hat, dass die beiden einen geheimen Pakt geschlossen haben – ein Versprechen der Freundschaft, und den Schwur, Verbündete der Zeit zu sein.

Von hier an.

Nie wieder alleine.

Erik Stevenson und sein Kindermädchen. Sie sitzen dicht beieinander auf dem Dachboden und teilen sich ihre Gedanken, während sie sich so beiläufig mit der Festplatte beschäftigen, als würde es sich um ein Kinderpuzzle mit vier buntbedruckten Teilen handeln. Das schummrige Licht auf dem Dachboden hüllt sie in einen fremden Raum, doch weil sie sich dort auskennen, und weil sie gemeinsam dort sind, haben weder Erik Stevenson noch sein Kindermädchen Angst.

Draußen wird es allmählich dunkel, und Erik wird langsam müde. Er streicht sich mit seinen kleinen Händen über das Gesicht und fängt an zu gähnen.

»Soll ich dich ins Bett bringen?«, fragt das Kindermädchen mit ihrer sanften Stimme.

»Erzählst du mir vorher eine Geschichte?«, fragt Erik.

»Natürlich«, sagt das Kindermädchen. »Ich erzähle dir doch jeden Abend eine Geschichte. Welche magst du denn heute hören?«

»Mein Lieblingsmärchen!«, antwortet Erik sofort. »Du weißt schon – das Märchen, das du mir immer erzählst, wenn ich mich traurig und einsam fühle.«

Das Kindermädchen nimmt Erik die Festplatte aus den Händen und hebt ihn hoch auf ihren Schoß.

»Bist du denn heute traurig und einsam?«, fragt sie und streicht ihm sanft über sein dichtes Haar.

Erik schüttelt lächelnd den Kopf.

»Nein«, sagt er und grinst etwas schief. »Aber ich höre das Märchen so gerne!«

Da lächelt das Kindermädchen, auch sie mag das Märchen gerne. Sie hat es extra für Erik erfunden, denn sie weiß, dass er es nicht leicht hat, mit seinem viel zu lauten Kopf; und sie findet es schön, mit Erik in seinem Bett zu liegen und ihm von der Welt hinter der Welt, in der Welt, zwischen den Welten zu erzählen. Also knipst das Kindermädchen die kleine Glühbirne auf dem Dachboden aus und trägt Erik hinunter in die Wohnung. Dort putzen die beiden sich zusammen die Zähne, dann schlüpft Erik in seinen Pyjama, sagt seinen Eltern, die wie jeden Abend in ihre Psychologiezeitschriften vertieft sind, gute Nacht, und kurz darauf hüpft er auch schon in sein Bett und rückt zur Seite, damit sein Kindermädchen sich zu ihm legen kann, um die Dämonen der einsamen Nächte zu vertreiben, bevor sie überhaupt auftauchen können.

Erik Stevenson, sechs Jahre alt, dunkle Haare, dunkle Augen und ein glasklarer, heller Verstand. Es ist das letzte Mal, dass sein Kindermädchen ihn ins Bett bringen wird, es ist das letzte Märchen, das er hören wird.

Denn Erik Stevenson wird nie wieder aufwachen.

Er wird an diesem Abend einschlafen und die Grenzen der Nacht nicht mehr verlassen. Irgendwo dort, zwischen seinen friedlichen Träumen und dem leisen Pochen seines kleinen Herzens, lauert der lautlose Tod, und zieht ihn mit sich, an diesen einen undurchsichtigen Ort.

Von dem noch nie ein Mensch.
Zurückgekehrt ist.
Um zu berichten.

Erik Stevenson. Das Wunderkind mit den ungezählten Talenten und dem ungezähmten Wissen. Ein winziger Tumor hatte sich zwischen seinen verschlungenen Gehirngängen versteckt. So winzig und klein, dass Erik nicht einmal aufgewacht ist, als er schließlich explodierte. Da war nur ein wunderbar funkelndes Aufleuchten in Eriks Gedanken, ein Blitz, wie bei einem plötzlich auftretenden Gewitter, und ein leises Krachen, das fast schon klang wie Musik.

Und dann, für einen herrlichen Augenblick, war es unglaublich hell, und Erik konnte durch die Nacht hindurch bis zu der Zauberlichtung mit den drei geheimnisvollen Bäumen sehen.

Erik hat gelächelt vor Glück.

Denn das Licht war weiß und durchdringend.

Es war überall. Und es wurde immer heller.

Und heller. Und heller.

Und dann. Ja, dann.

War es auf einmal weg.

17

Ein kleiner Holztisch in einem großen Café. Ein nacktes Teelicht steht genau in der Mitte, daneben ein kleiner Blumentopf mit einem einsamen Vergissmeinnicht. Zwei leere Cappuccino-Tassen, eine zerknüllte Serviette und ein achtlos beiseitegelegter Teelöffel teilen den Tisch kaum merklich in zwei Hälften. Auf der einen Seite sitzt July, auf der anderen Rain. July ist neunundzwanzig Jahre alt, freie Künstlerin und unfreiwillige Tochter des Verteidigungsministers. Sie spricht fünf verschiedene Sprachen, alle fließend. Sie hat schon die halbe Welt umreist. Und alles, was sie gesehen hat, alles, was sie erkannt oder begriffen hat, versteckt sich irgendwo dort, in ihren abstrakt gehaltenen Bildern und Kunstwerken.

Rain ist ebenfalls neunundzwanzig Jahre alt, aber er war noch nie außerhalb der Stadt am Waldrand. Dafür hat er July kennengelernt, genau an dem Tag, an dem sie von ihrer langen Reise zurückgekommen ist. Sie sind zusammengestoßen, damals, an einem verregneten Herbstabend; und weil sie sich verliebt haben, von dieser ersten Sekunde bis hinein in die weiterführende Zeit, sind sie kurz darauf in eine gemeinsame Wohnung gezogen.

Tagsüber hat Rain immer frei. Aber nachts, wenn die Wesen der dunklen Stunden durch die Straßen streifen, auf der Flucht vor dem Schlaf und auf der Suche nach einem guten Drink oder der ewigen Liebe, dann ist Rain Barmann im angesagtesten Club der Stadt am Waldrand – dem *Off Road*.

July und Rain wohnen mit einem Zwerghamster und zwei Goldfischen in einer Wohnung direkt im Zentrum. Es gibt keinen Fahrstuhl, und sie müssen jeden Tag fünf Stockwerke hochsteigen. Aber das stört weder July noch Rain, denn sie laufen meistens Hand in Hand.

Ganz beiläufig.

Nebeneinander herlaufend.

Berühren sie sich laufend.

Sie verstehen sich ohne viele Worte; sie streiten, ohne laut zu werden, sie engen sich nicht ein, sie grenzen sich nicht aus, sie halten zusammen, was immer sie zusammenhält.

Aber an diesem Tag stimmt irgendetwas nicht. Rain streckt eine Hand aus, um Julys Arm zu berühren. Aber genau in dem Moment, in dem er sie fast erreicht hat, zieht sie ihre Hand weg und lässt ihn alleine zurück. Rain stutzt verwirrt. Er ist sich keines Fehlers bewusst. Sie hatten eine schöne Nacht zusammen, denn er hatte frei, und so waren sie gemeinsam eingeschlafen, gemeinsam aufgewacht und gemeinsam aufgestanden. Es ist ein wunderschöner Start gewesen, in einen sonnenbeschienenen Tag. Der Regen der letzten Wochen war endlich vorüber, und keine einzige Wolke hing am Himmel.

Aber nun sitzt Rain alleine da. Und July blickt an ihm vorbei auf einen Punkt an der Wand, den er nicht sehen kann. Er dreht seinen Kopf, versucht herauszufinden, woran sie sich klammert, woran sie sich hält. Aber er kann nichts erkennen. Die Wand ist hellgrün, wie alle Wände in dem kleinen Café. Dort hängen keine Bilder, keine Plakate und auch keine Tafeln – es ist einfach nur eine leere grüne Wand. Aber July sieht diese Wand an, als sei die Unendlichkeit der Zeitmuster und der Knotenpunkt der verstrickten Welt dort eingebrannt.

»July?«, fragt Rain nach einer Weile.

Sie antwortet ihm nicht.

»July?«, wiederholt Rain unsicher.

Aber er kann seine eigene Stimme nicht mehr hören.

Sie ist davongehuscht. Kaum merklich.

So leise. So leise.

So leise.

»Entschuldigen Sie bitte«, sagt auf einmal eine zaghafte Stimme ganz dicht an Rains Ohr. Rain blickt sich verwirrt um, er hat diese Stimme schon einmal gehört, aber er weiß nicht, wo und in welchem Zusammenhang.

»Entschuldigen Sie bitte«, sagt die Stimme erneut, und eine vorsichtig tastende Hand berührt seine Schulter.

Da wacht Rain auf und blinzelt in das grelle Licht.

Eigentlich hat er gar nicht geschlafen.

Seine Gedanken sind einfach nur fort gewesen.

»Entschuldigen Sie bitte«, sagt die Stimme ein drittes Mal, und dieses Mal hat sie ausreichend Mut, um endlich weiterzusprechen: »Sie können doch nicht für immer hier sitzen. Wollen Sie nicht lieber nach Hause gehen? Oder sollen wir jemanden anrufen, der Sie abholt? Einen Freund vielleicht, oder haben Sie Familie?«

Rain blickt mit leeren Augen auf. Vor ihm steht eine junge Frau im weißen Kittel, in ihren Händen hält sie ein Klemmbrett, und um ihren Hals hängt ein Stethoskop.

Da fällt es ihm wieder ein.

July ist tot.

Seit über zehn Stunden liegt sie nun schon regungslos in dem Keller dieser riesigen Klinik, aber Rain sitzt noch immer in dem Wartezimmer, in dem man ihm mitgeteilt hat, dass sie soeben an einem Fehlschlag ihres Herzens gestorben sei.

Das war der Ausschlag für ihn.

Sich geschlagen zu geben.

Vor der gnadenlosen Zeit.

Rain blinzelt einmal. Dann noch einmal. Aber die wirkliche Welt verliert ständig ihre Konturen und versinkt in einem Nebel aus schemenhaften Erinnerungen, die plötzlich glasklar und gestochen die Realität überlagern. In Rains Kopf ist der letzte Moment gefangen, vor wenigen Stunden, in dem Stammcafé um die Ecke, wo Liana Lake den besten Kaffee der Stadt am Waldrand serviert. July und er haben beide einen Haselnuss-Cappuccino getrunken, und July hat von einem gebrochenen roten Lichtstreifen auf schwarz-weißem Hintergrund erzählt, mit Ölfarben gemalt und mit Papierfetzen beklebt. Sie war ganz begeistert von dieser neuen Idee gewesen, sie wollte gleich ins Atelier gehen und sich ans Werk machen. Aber dann hat sie plötzlich ihren Löffel auf den Tisch fallen gelassen und ist ohnmächtig zusammengesackt.

Einfach so.

Ohne Vorwarnung.

»Entschuldigen Sie«, sagt die Stimme aus der Ferne erneut, diesmal noch behutsamer als bei den vorangegangenen Malen.

Aber Rain reagiert nicht.

Die Zeit verläuft.

Und verläuft sich.

»Entschuldigen Sie bitte«, sagt die Stimme zum fünften Mal. Und da sieht Rain, dass wieder die Ärztin in dem weißen Kittel mit dem Klemmbrett und dem Stethoskop vor ihm steht. Auf ihrem Namensschild steht *Lisa Haze*.

Er starrt sie an.

Irgendwann wird sie unsichtbar.

»Entschuldigen Sie bitte«, fängt die Stimme schließlich zum sechsten Mal an, nun klingt sie müde und erschöpft. Denn sie versucht es jede Stunde erneut. Und es sind viele Stunden vergangen, seit July gestorben ist.

Aber auch diesmal.

Reagiert Rain nicht.

Ein neuer Abend bricht an. Eigentlich müsste Rain zur Arbeit in den lauten Club gehen, aber das ist nicht wichtig.

Nicht heute. In dieser Nacht.

Er möchte lieber nach Hause gehen.
Er weiß nur nicht, ob er das kann.
»Entschuldigen Sie bitte«, sagt die Stimme ein letztes Mal, und sie ist immer noch nicht ungeduldig, obwohl sie nun schon unzählige Male hier war.
Da steht Rain auf und greift nach seiner Jacke.
Dann greift er nach der Jacke von July.

»Entschuldigung«, sagt er zu der Ärztin.
Dann dreht er sich um.
Und geht davon.

18

Er mag das dunkle Blau der Adern auf ihrer hellen, unantastbaren Haut. Es erinnert ihn an die weißen Schaumkronen auf einem aufgewühlten Meer, kurz vor dem Sonnenaufgang, wenn das erste Tageslicht auf der Wasseroberfläche glänzt und aufgeregt schimmert. Er mag auch das Rot ihrer Lippen, es leuchtet in der Dunkelheit, wie wilder Klatschmohn, der auf einer verlassenen Baustelle wuchert.

Sie liegt dort. Vielleicht schläft sie. Vielleicht tut sie auch nur so. Ihr Brustkorb hebt und senkt sich. Die Bettdecke ist beiseitegerutscht, und er kann ihren zierlichen Körper sehen, der verhüllt ist von einem viel zu großen, ausgeblichenen Pullover.

Es ist noch früh am Abend.

Aber über der Zeit liegt lauernd die Nacht.

Er steht neben ihr und blickt hinab auf ihre unbewegliche Gestalt. Die langen offenen Haare breiten sich über das Kopfkissen aus, wie ein seidiges Tuch, das ein Geheimnis verhüllt. Aber vielleicht verhüllt es auch einfach nur die Angst, oder einen hässlichen Schmerz.

Sie hustet leise und dreht sich zur Seite.

Da tritt er einen Schritt zurück und schämt sich

dafür, dass er nun schon so lange dort steht und sie betrachtet. Er weiß, so etwas gehört sich nicht. Und er würde es auch nicht wollen, dass ein Fremder ihn im Schlaf beobachtet. Aber er war so neugierig, er wollte sehen, wie sie aussieht.

Nun weiß er es.

Kein weiterer Grund.

Sie aus ihren Träumen zu reißen.

Also tastet er sich Schritt für Schritt rückwärts, bis er mit seinem Rücken gegen die Zimmertür stößt. Er öffnet sie lautlos und verlässt kurz darauf auf Zehenspitzen den Raum.

Im Wohnzimmer ist es kalt, die Heizung ist kaputt, und die Glühbirne flackert. Er setzt sich auf die Couch. Sie ist grau und zerschlissen, aber das stört ihn nicht, er kennt sie nur so. Außerdem wohnt er in einer großen grauen Hochhaussiedlung, in der hässlichsten Gegend der Stadt am Waldrand – hier ist alles alt und verschlissen. Aber auch das stört ihn nicht. Er ist so aufgewachsen, er hat nie viel besessen und trotzdem immer viel gegeben. Und im Gegensatz zu den meisten anderen Jugendlichen aus der Siedlung hat er nicht die Schule verlassen. Im Gegenteil: Er ist sogar Klassenbester, Schulsprecher und Kapitän der Hockeymannschaft. Ja. Er ist überall beliebt, denn er ist aufmerksam, zuverlässig und freundlich. Außerdem hat er lagunenblaue Augen und haselnussbraunes Haar. Die Mädchen werfen ihm schüchterne Blicke zu und tuscheln hinter vorgehaltenen Händen darüber, ob er wohl eine Freundin hat oder nicht.

Er hat keine Freundin.

Er war erst einmal verliebt.

Und das Mädchen, von dem er so fasziniert gewesen ist, dass er angefangen hat, sie zu lieben, hieß Jenny Emmet und war das wunderbarste Wesen in der ganzen Stadt am Waldrand. Bis zu ihrem Tod. Und auch noch danach konnten alle, die Jenny gekannt hatten, die Spiegelbilder ihres Daseins an der Wasseroberfläche am Schlossteich sehen.

Der Junge aus der Hochhaussiedlung steht oft an Jennys Grab und erinnert sich an ihr Lächeln. Sie ist auf der gleichen Schule gewesen wie er. Ein paar Jahrgänge unter ihm. Sie war klug und außergewöhnlich, und er hatte sie einige Male nach Hause gebracht. Jennys Mutter, eine liebenswerte Frau, hatte ihn eines Tages sogar hereingebeten. Sie hatte frei und war gerade dabei, einen Kuchen zu backen. Er war unsicher gewesen, aber Jenny hatte seine Hand genommen und ihn zur Tür hineingezogen. Und so war er geblieben und hatte ihre beiden älteren Schwestern kennengelernt, und das schlappohrige Kaninchen.

Aber das ist nun schon lange vorbei.

Denn Jenny ist mitten im Regen vor ihrer Haustür gestorben.

Und der Junge aus der Hochhaussiedlung ist traurig, weil er ein Mädchen verloren hat, bevor er es überhaupt richtig kennenlernen konnte.

Aber er weiß: Das ist die Zeit. Sie hat einen Schutzgraben um ihren innersten Kern geschlagen, so dass kein Mensch sie jemals durchschauen kann.

Und er weiß auch: Das ist gut so. Denn wenn wir alles vorher wüssten, was könnten wir dann noch in Erfahrung bringen? Wofür würden wir kämpfen, wenn längst feststehen würde, was wir gewinnen werden?

Und was wir verlieren.

Der Junge aus der Hochhaussiedlung. Er ist siebzehn Jahre alt, aber bald wird er achtzehn werden und somit die Volljährigkeit erreichen. Das ist gut so. Denn sein Vater ist drogenabhängig – Heroin, Speed, Ecstasy. Alles, was er gerade kriegen kann.

Er ist ein schlechter Vater.

Aber er war einmal ein guter Mensch.

Irgendwann. Vor langer Zeit. Damals, als der Junge aus der Hochhaussiedlung noch eine Mutter hatte und sie noch nicht mit einem anderen Mann davongerannt war. Aber das ist Vergangenheit, die Gegenwart sieht ganz anders aus, und in der nahen Zukunft, in genau einer Woche, an seinem ehemaligen Hochzeitstag, wird der Vater des Jungen sich zudröhnen und mit einer Bierflasche in der Hand den Motor seines Wagens starten. Kurz darauf wird er das Zentrum der Stadt am Waldrand erreichen und an einer Kreuzung, ganz in der Nähe von dem Spielplatz am Schlosspark, einen vierjährigen Jungen überfahren.

Sie werden beide.

Verbluten.

Der Junge aus der Hochhaussiedlung. Er hat bald keinen Vater mehr. Aber in seinem kleinen grauen Zimmer, auf einem kleinen grauen Zustellbett, liegt ein fremdes junges Mädchen, das von nun an seine Schwester ist.

Er wird für sie sorgen.

Bis sie erwachsen ist.

Der Junge aus der Hochhaussiedlung.

Sein Name ist Josh.

19

Alice Clay. Das verstörteste Mädchen in der Stadt am Waldrand und doch so perfekt, dass niemand den Fehler in ihr erkennt. Sie arbeitet als Kindermädchen, um am Leben zu bleiben, aber eigentlich ist sie ein Mädchen des Todes. Sie hat dem Ende so oft in die Augen gesehen, dass sie sich längst an ihn gewöhnt hat. Sie kennt das Geräusch, das sein rasselnder Atem verursacht, sie kennt das Kribbeln, das seine eiskalte Berührung verursacht, und sie kennt auch die Worte, die er flüstert.

Er flüstert: »Da vorne, da vorne …«

Und wie es weitergeht.

Wie es weitergeht?

Das erfährt man.

Ganz zum Schluss.

Alice Clay ist sich sicher: Sie hat keinen Verstand. Aber vielleicht hat sie auch einfach nur viel zu viel davon. So weit sie zurückdenken kann, fällt es ihr schwer, vorwärtszudenken. Sie ist der Bruch in der Zeitrechnung. Eine längst gezogene Wurzel. Die Zahl am Ende der falschen Gleichung.

Und doch ist sie hier.

Alice Clay. Mädchen der Nachtgespenster, Mädchen der Zwischenräume. Sie kann die schönsten Sandburgen bauen, die höchsten Legotürme aufstapeln, die unglaublichsten Geschichten erzählen und den traurigsten Augenblick in ein Lächeln verwandeln. Sie kennt jedes Versteck im Schlosspark, jeden Hügel, jeden Busch. Sie weiß, wie man Zauberäpfel schneidet und Kunstblumen mit unsichtbarem Wasser gießt. Sie kann lautlose Geräusche mit Buntstiften umrahmen und fliegende Buttermilchpfannkuchen in uralten Hexenhauspfannen backen.

Und die Kinder?

Sie flüstern Alices Namen wie ein Geheimnis durch die Straßen der Stadt am Waldrand. Sie flüstern und flüstern, von dem einen Mädchen, das die ganze Welt auf einem Spielplatz zusammenhält.

Alice Clay. Sie hat überlebt, was andere sich nicht einmal vorstellen können. Sie ist entkommen, obwohl sie als verloren galt. Sie ist das Mädchen hinter der Zeit.

Sie ist das Warten.

Nach der Stille.

Und wie sie rennt und flüchtet und flieht, durch den Wald, ganz ohne ein Ziel. Wie sie läuft und läuft, so schnell sie nur kann; kein umgestürzter Baum, kein herabstürzender Ast, kein Laubberg, keine Schneewehe, kein Frühlingsgewitter, kein Mitsommernachtsgrauen – nichts kann sich ihr in den Weg legen.

Alice rennt einfach weiter. Durch das Unterholz, am Fluss entlang, über Felsen und Steine, bis hin zu der geheimen Lichtung.

Drei Bäume stehen dort.

Eine Kastanie.

Eine Linde.

Und eine Eiche.

Sie strecken ihre Äste dem Himmel entgegen, obwohl sie ganz genau wissen, dass sie ihn niemals erreichen werden. Sie stehen mit ausreichend Abstand zueinander, dass sie sich nicht gegenseitig das Licht nehmen oder das Wasser oder die Erde. Sie sind alle drei uralt, sie stehen schon seit Jahrzehnten an diesem Ort. Und wenn nicht ein unvorhersehbares Unglück geschieht, dann werden sie auch noch viele weitere Jahre dort auf der Zauberlichtung stehen und wachsen.

Alice streckt eine Hand aus. Ein Maikäfer landet auf ihrem Finger, ein paar Sekunden verweilt er, dann fliegt er davon. Sie sieht ihm nach. Nicht lange, aber lange genug, um zu sehen, dass sie ihn nicht mehr sehen kann.

Die Stunden vergehen.

Die Stunden verstreichen.

Die Stunden drehen sich um.

Sich selbst.

Alice Clay steht regungslos auf der Lichtung zwischen den drei großen Bäumen und lauscht auf das Zirpen der Wanderheuschrecken. Sie mag das Geräusch. Obwohl sie nicht weiß, woran es sie erinnert.

Sie mag viele Dinge, die sie nicht versteht.

Sie mag Regen und Sturm und Winternebel.

Und sie liebt ihren Vater, mit dem sie jeden Montag

telefoniert, obwohl sie nie so genau weiß, was sie ihm erzählen soll, über ihr Dasein.

Und ihr Verschwinden.

Alice Clay. Das Mädchen mit dem zersplitterten Gehirn und den abgebrochenen Handlungssträngen. Sie schiebt die Erinnerungen an ihre Vergangenheit beiseite, denn die Zeit hat sie ausgelöst, aus diesem zeitlosen Gefälle. Sie muss nicht mehr an damals denken.

Nicht heute.

An diesem Tag.

Doch dann wird es Abend. Und mit dem Abend kommt die Nacht. Und mit der Nacht kommt die Dunkelheit. Und mit der Dunkelheit kommen die bösen Gespenster.

Alice hält sich ihre Augen zu. Aber die Gespenster kommen trotzdem und raunen ihr zu: »Wir können dich sehen. Hörst du? Wir wissen immer, wo du bist.«

Da nimmt Alice die Hände von ihren Augen. Sie sieht hinauf zu dem leuchtend weißen Mond und verabschiedet sich von der Lichtung. Die Gespenster greifen nach ihren Armen, sie wollen sie hier halten, in der kalten Nachtluft, wo sie bald anfangen wird zu frieren. Sie wispern: »Bleib hier. Bleib hier bei uns. Leg dich nieder ins hohe Gras. Du brauchst nie wieder aufzustehen.«

Aber Alice schüttelt ihren Kopf. Sie möchte nicht an diesem jenseitigen Ort verweilen, in dieser Stille.

So weit. Entfernt.

Alice möchte zurück nach Hause, in die große Stadt mit den vielen Lichtern, in ihre Wohnung mit den vielen Büchern, in ihr Bett mit dem Stoffhasen und dem Hai und der Giraffe.

Also verlässt sie die drei Zauberbäume.

Und läuft davon.

Weg von den Gespenstern.

Weg von den Erinnerungen der Nacht.

Am nächsten Morgen wacht Alice auf. Die Sonne blinzelt an dem orangenen Vorhang vorbei und streicht sanft über ihr Gesicht. Alice tastet nach dem Hasen; er ist auf den Fußboden gefallen. Sie hebt ihn auf und legt ihn zurück zwischen Hai und Giraffe. Nun ist alles wieder okay.

Niemand ist verlorengegangen.

In der Dunkelheit der finsteren Träume.

Alice putzt sich ihre Zähne, wäscht sich das Gesicht und bindet sich ihre Haare zu einem Zopf. Dann trinkt sie ein Glas Wasser und tritt hinaus auf den Balkon. Der Wind ist kühl, aber nicht zu kalt, die Wolken sind dunkelweiß, aber noch nicht grau, und die Stadt unter ihr – sie ist laut.

Aber trotzdem kaum zu hören.

Alice Clay lächelt, obwohl sie weiß, dass heute ihr letzter Tag sein wird. Sie lächelt, obwohl sie weiß, dass die Alpträume der Tage und Nächte sie nie wieder loslassen werden.

Und sie lächelt.

Obwohl die Rasierklinge längst ihre Pulsader durchschnitten hat.

Alice Clay. Sie sitzt auf ihrem blutverschmierten Fußboden und greift zitternd nach dem Handy, um ihren Vater anzurufen. Doch dann hält sie inne. Es ist alles gesagt. Sie würde nur lauschen. Und er würde nichts verstehen.

Alice zögert einen Moment.

Aber die Zeit rinnt blutrot davon.

Es pocht und pocht und pocht in ihr.

Einen Augenblick lang denkt sie an ihre beste Freundin. Sie ist Schauspielerin, die erfolgreichste in der Stadt am Waldrand; so schön, dass es weh tut, sie anzusehen. Aber manchmal. Ja manchmal. Ist sie genau wie sie: So nackt. So leer. So unerkannt.

Wie gerne würde Alice etwas zu ihr sagen.

Ein letztes Wort, ein letztes Versprechen.

Aber Mädchen der Stille.

Erkennen sich.

Lautlos.

Schließlich ruft Alice den einen Menschen an, der sie gehalten hat, eine Stunde lang, einen Tag, und auf einmal ein ganzes Leben: den Verleger von *Fitch&Fiction.*

Es war Zufall, dass sie sich kennengelernt haben.

Sie ist gefallen.

Direkt vor seine Füße.

Er hat sie aufgehoben und ins Krankenhaus gebracht, obwohl sie auf dem Weg dorthin mindestens zehnmal beteuert hat, dass ihr nur ein kleines bisschen schwindlig gewesen sei.

Er hat ihr kein Wort geglaubt.

Ja. Eine Freundschaft.

So schön wie ein nacktes Gehirn.

Eine Träne rollt über Alices Gesicht, während sie das blutige Handy an ihr Ohr presst und langsam zu Boden sinkt. Aber sie lächelt noch immer. Denn sie weiß, dass es eine Zeit gibt im Leben, die da ist. Und eine Zeit, die geht.

Und wenn man Glück hat – so wie sie.

Dann bekommt man auch eine Zeit.

Um Abschied zu nehmen.

20

Valentin Fall, sieben Jahre alt, siebenhundert Lichtjahre von der Landung auf Pax entfernt und umgeben von siebzehn Paar achtlos zu Boden geworfenen Socken, die er eigentlich in seine Kommode hätte packen sollen. Aber es ist noch früh am Nachmittag, und die Strümpfe können bis zum Abend warten, das hat Valentin jedenfalls beschlossen, denn ohne seine Füße gehen die sowieso nirgendwohin. Außerdem findet Valentin, dass es sehr gemütlich ist, zwischen den bunt geringelten Socken. Ja, er mag die überblickbare Unordnung und das organisierte Chaos, das in seinem Kinderzimmer herrscht, und wenn seine Mutter Helena nicht ständig mit dem Staubsauger in der Hand durch die Gegend rennen würde, dann könnten seine Plastikautos in Ruhe auf dem Boden parken, aber so muss er sie zwischendurch immer wieder in die Spielzeugkiste packen. Immerhin hat er es geschafft, seine Mutter davon zu überzeugen, dass Kuscheltiere, die auf dem Boden herumliegen, nicht unaufgeräumte Gegenstände sind, sondern Tiere unterwegs nach irgendwo. Wohin genau der Bär, das Nashorn und die Schildkröte wollen, das kann Valentin leider nicht sagen, aber wenn man schon kein echtes Haustier haben darf, dann sollte man wenigstens so tun dürfen, als wären die Stofftiere echt – und richtige Tiere sitzen schließlich auch nicht aufgeräumt im Regal herum, sondern bewegen sich fort.

Aber heute hat Valentin keine Zeit für seine Tiere, denn das neue Raumschiff, das er von seinem Opa geschenkt bekommen hat, muss ganz dringend nach Pax geflogen werden. Da kann Valentin wirklich keine Rücksicht auf Socken oder herumfliegende Kuscheltiere nehmen. Diese Expedition ist wichtiger als alles andere, Pax ist nämlich der coolste Planet, den es im ganzen Universum gibt – Valentin hat ihn extra für dieses eine Raumschiff erfunden. Er weiß zwar noch nicht, wie genau Pax aussehen soll, und ob es dort freundliche Paxaner geben wird oder nur düstere Ungeheuer, die aus gruseligen Schlammlöchern hervorgekrochen kommen, aber das ist nicht so wichtig, denn noch ist es ein ganzes Stück bis nach Pax. Im Moment hat das Raumschiff sowieso einen Zwischenstopp neben dem rechten Bettpfosten eingelegt, um aufzutanken. Das dauert leider ewig, weil der Tank des leuchtend grünen Raumschiffs riesengroß ist, und jetzt ruft auch noch Valentins Mutter und will, dass er in die Küche kommt. Wahrscheinlich um etwas Obst zu essen, so ist es meistens, wenn Helena ihn aus der Küche ruft. Also macht Valentin schnell sein Lieblingshörspiel an und tut so, als hätte er nichts gehört. Valentin kann Obst nämlich nicht ausstehen, er mag viel lieber Schokolade und Kekse. Aber seine Mutter kapiert das einfach nicht und versucht ihn ständig davon zu überzeugen, wie lecker Kiwis und Papayas schmecken. Dabei schmeckt sogar die Seife im Bad besser als die

Papayas, die Helena immer vom Markt anschleppt. Valentin weiß das, weil er Papayas so eklig findet, dass er einmal versucht hat, den Geschmack mit seiner Sponge-Bob-Seife aus dem Mund zu waschen. Das war ziemlich widerlich, aber nicht halb so widerlich wie die Papaya. Valentins Vater Michael mag auch keine Papayas, aber er mag Valentins Mutter, und deshalb tut er manchmal so, als würde er Papayas mögen. Valentin findet das ziemlich albern. Er mag seine Mutter schließlich auch, aber die Papayastückchen wirft er trotzdem immer ganz schnell hinter die Heizung, wenn keiner guckt, und später hebt er sie dann heimlich auf und lässt sie im Mülleimer verschwinden, damit seine Mutter die Überreste nicht beim Staubsaugen findet und böse wird. Eigentlich wollte Valentin seinem Vater schon längst vorschlagen, sein Papayaproblem ebenfalls auf diese Art zu lösen, aber dann war er sich nicht sicher, ob Michael sich das überhaupt trauen würde. Valentins Vater ist nämlich ein sehr stiller und schüchterner Mensch; Valentin ist sich sogar sicher, dass er in seinem letzten Leben ein Gespenst gewesen ist. So muss es sein, denn niemand kann derart unauffällig durch die Gegend schleichen wie sein Papa, und niemand geistert so oft durch die knarzenden Gänge des alten Museums. Das liegt zum einen daran, dass Michael aus irgendeinem nicht nachvollziehbaren Grund ausgeblichene Gemälde mag, und zum anderen daran, dass es sein Job ist, ausgerechnet diese Bilder zu reparieren. Wie genau der Beruf heißt, weiß Valentin nicht. Sein Vater hat es ihm schon ein paar Mal gesagt, aber es ist ein kompliziertes Wort, und Valentin mag lieber einfache Worte wie Schokolade, Fußball und Abenteuerpark. Helena hingegen mag am liebsten außergewöhnliche Worte mit viel Satzumfang, Valentin weiß nicht wirklich, was das sein soll, aber er weiß, dass seine Mutter in einem großen Verlag namens *Fitch&Fiction* arbeitet, der große Bücher für große Menschen macht. Natürlich wäre es ihm wesentlich lieber, wenn seine Mutter in einem kleinen Verlag arbeiten würde, der kleine Bücher für kleine Menschen macht. Aber seine Mutter hat ihm einmal erklärt, dass das nicht so einfach ginge, weil ihr Fachgebiet nun einmal Worte für erwachsene Menschen seien und dass sie diese Worte am liebsten hätte. Daraufhin hat Valentin sich zwei Stunden lang weinend im Bad eingeschlossen, weil er dachte, dass seine Mutter sich mit jedem erwachsenen Menschen auf der Welt lieber unterhalten würde als mit ihm, und dass er von nun an alleine in der Stille vor sich hin leben müsste, bis er endlich ausgewachsen und wortreif genug für seine Mutter sei. Aber glücklicherweise ist Helena die geduldigste Mutter auf der Welt, und so hat sie es nach zwei Stunden geschafft, Valentin wieder aus dem Bad zu locken, und dann hat sie ihm erklärt, dass es einen Unterschied gibt zwischen den Worten, die sie einbindet, und den Worten, die sie mit ihm verbindet, und dass die schönsten Worte auf der Welt sowieso die sind, die man nicht aussprechen muss, weil derjenige, dem man sie sagen will, sie mit seinem Herzen versteht.

Und seit er das weiß, schlingt Valentin manchmal schweigend seine kleinen Arme um den Hals seiner Mutter, um ihr zu sagen, wie lieb er sie hat – ganz ohne einen einzigen Buchstaben.

Valentin Fall. Er kann schneller eine Rutsche hochklettern als alle anderen Kinder in der Stadt am Waldrand, und er kann über zwanzig Runden auf dem Karussell drehen, ohne dass ihm schlecht oder schwindlig wird. Aber noch lieber als auf dem Spielplatz ist er im Schwimmbad und steckt dort seinen Kopf unter Wasser, um mit seiner quietschroten Taucherausrüstung durch das kleine Becken zu schnorcheln, bis seine Mutter kommt und ihn aus seinem imaginären Meer fischt, weil sie Angst davor hat, dass ihm eines Tages Schwimmhäute und echte Flossen wachsen. Ja. Manchmal ist Helena etwas zu besorgt. Manchmal hat sie sogar Angst davor, dass er zu müde werden könnte von dem bisschen Wasser, und einfach untergeht. Da bringt es gar nichts, wenn Valentin ihr erklärt, dass man überhaupt nicht müde werden kann, wenn es gerade so spannend ist wie unter Wasser. Aber das sind Mütter: Sie haben so viele Sorgen, dass man als Kind gar nicht mehr damit hinterherkommt, alle zu vertreiben. Und deshalb hat Valentin festgestellt, dass es am einfachsten ist, zwischendurch aus dem Becken zu kommen, sich trockenrubbeln zu lassen und ein bisschen beim Sprungturm zuzugucken, bevor man wieder zurück in die Weite des Meeres tauchen kann.

Valentin Fall. Er liebt seine Mutter sehr. Und er findet es auch okay, dass sie manchmal Sachen zum hundertsten Mal sagt, die er schon vor dem ersten Mal verstanden hat. Zum Beispiel die Sache mit den Autos und der Straße, und dass man keine Wasserbomben aus dem Fenster werfen darf. Denn Valentin guckt immer nach links und rechts und links und rechts und immer weiter, bevor er über die Straße geht. Und das mit den Wasserbomben? Das war damals mehr ein Fallen als ein Werfen gewesen, und getroffen hat er auch niemanden, weil es ja nur ein Spaß gewesen ist. Aber jedes Mal, wenn Helena Valentin alleine zu Hause lässt, sagt sie zu ihm: »Und du schmeißt diesmal KEINE Wasserbomben auf vorbeilaufende Passanten. Hörst du?«

Ja. Natürlich hört Valentin. Aber manchmal glaubt er, wenn er den blöden Wasserbombensatz noch oft hören muss, dann kann er gar nicht anders, als wieder einmal ein paar Wasserbomben fallen zu lassen.

Einfach nur so.

Ganz aus Versehen.

Valentins liebste Jahreszeit ist der Sommer, denn dann darf er immer für zwei Wochen seine Großeltern besuchen, obwohl seine Eltern jedes Mal schreckliche Angst davor haben, dass Valentin als süßigkeitengedoptes Ungeheuer wieder zurückkehrt. Aber Valentins Mutter hat sogar Angst davor, dass Valentin eines Tages von Lucky gefressen werden könnte. Dabei ist Lucky nur ein kleiner hässlicher Pudel, mit dem Valentin manchmal im Hof spielen darf. Helena guckt dann ständig aus dem Fenster, um sicherzugehen, dass Valentin und Lucky nicht zu sehr herumtoben. Das versteht Valentin beim besten Willen nicht; er findet sich nämlich selbst sehr friedlich. Er hat in seinem ganzen Leben erst zwei Fensterscheiben zerschossen, eine Nacktschnecke platt getreten, dreimal Zahnpasta unter die Türklinke des unfreundlichen Nachbarn geschmiert, ein Bonbon im Zeitungsladen gestohlen und siebenmal nachts heimlich Fernsehen geguckt. Andere Kinder machen viel schlimmere Sachen. Das weiß Valentin, weil es in der Schule einen Club gibt. Es ist ein geheimer Club, dem nur Schüler beitreten dürfen, die schon richtig schlimmen Unfug gemacht haben. Wenn man nicht mindestens einen Tadel, fünf Klassenbucheinträge und drei beschmierte Wände vorweisen kann, hat man keine Chance. In den Pausen rauchen die Clubmitglieder heimlich auf dem Klo, dabei ist der Jüngste erst sieben Jahre alt und so klein, dass man ihn kaum sehen kann. Zum Glück weiß Helena nichts von diesem Club, sonst würde sie Valentin wahrscheinlich sofort von der Schule nehmen und in ein Klosterinternat mit Biogemüsegarten stecken. Ja. Da ist sich Valentin ziemlich sicher. Und dort müsste er dann in der Mittagspause die Papayabäume gießen oder Blattläuse vom Spinat sammeln, und dann würde er zu einem sehr unglücklichen Mann mit vielen Depressionen heranwachsen, so wie der unfreundliche Mann aus dem viel zu großen Luxusbunker auf der anderen Straßenseite, der ständig mit seinem Handy am Ohr durch die Gegend rennt und jeden anrempelt, der ihm im Weg steht. Und das möchte Valentin auf keinen Fall. Denn von der alten Dame, die nebenan wohnt, weiß Valentin, dass der Nachbar früher einmal eine Frau hatte, bis sie schließlich weggezogen ist, weil er immer so viel Bier getrunken hat. Das muss ein ganz schönes Drama gewesen sein, mit so viel Streit und Geschrei, dass die ganze Straße es mitbekommen hatte. Valentin war jedenfalls gleich, nachdem die alte Frau ihm davon erzählt hatte, in sein Zimmer gerannt und hatte sehr ungeduldig auf seinen Vater gewartet. Und als Michael schließlich von seinen ausgeblichenen Bildern zurückgekommen ist, hat Valentin zu ihm gesagt: »Papa, du darfst niemals anfangen, Bier zu trinken. Denn wenn du das tust, dann werde ich Mama nehmen und mit ihr zusammen ganz weit wegziehen. Und dann wirst du sehr traurig und einsam enden.«

Da hat Valentins Vater ganz erschrocken geguckt.

Und dann hat er gefragt: »Um Himmels willen, wie kommst du denn darauf?«

Valentin hat aus dem Fenster gezeigt, hinüber zu dem riesigen Nachbarhaus, direkt auf das hellerleuchtete Fenster von Gavin West. Und da hat sein Vater sofort verstanden, was Valentin sagen wollte. Und dann hat Michael Valentins Hand genommen, und die beiden sind zusammen in den Wald gegangen und haben so lange Verstecken gespielt, bis sie irgendwann bei den drei geheimen Zauberbäumen angekommen sind. Und da hat sich Valentin unter die Kastanie gestellt und sich gewünscht, dass sein Vater niemals Alkoholiker wird, weniger Zeit mit den alten Bildern verbringt, und dafür öfter mit ihm auf den Piratenspielplatz geht.

Valentins Vater hat sich währenddessen unter die Eiche gesetzt, um einen Moment zu verschnaufen, und dort hat er sich dann gewünscht, dass, was auch immer sich sein Sohn gerade wünscht, in Erfüllung geht.

An diesem Samstag ist Valentins Vater arbeiten, weil irgendein Bild dringend fertig resorbiert oder so ähnlich werden muss, und deshalb ist Valentin also mit Helena alleine zu Hause und spielt mit seinem Raumschiff. Das ist jetzt endlich vollgetankt und kann den Bettpfosten verlassen und sich wieder auf den Weg in Richtung Pax machen. Es macht *krrrr* und *zisch* und *wusch* und *wuuuup*, und schon ist das leuchtend grüne Raummobil erneut in der Luft und umkreist kurz darauf die Schreibtischlampe, nur um anschließend haarscharf an der Tischkante vorbeizusegeln und wenig später den Vorhang zu streifen.

Im Hintergrund ertönt das beste Lied der Traumzauberbaum-CD, Valentin kann es vorwärts und rückwärts und sogar beim Zähneputzen singen. Aber diesmal kommt er leider nur bis zum Refrain, denn da wird auch schon seine Zimmertür aufgerissen, und Helena stürmt mitten in sein herrliches Universum. Sie drückt auf den Stoppknopf des CD-Players und sieht dabei ein bisschen aus wie ein auf dem Mond ausgesetzter Polarbär.

»Hey«, sagt Valentin. »Das war mein Lieblingslied.«

»Ich habe dich jetzt schon dreimal gerufen«, erwidert Helena und betrachtet kopfschüttelnd die Socken auf dem Fußboden. »Und hattest du nicht gesagt, du schaffst es diesmal, die Socken in deine Kommode zu packen, ohne sie vorher als Fußbodendekoration weiträumig zu verteilen?«

»Aber, Mama«, sagt Valentin und wirbelt sein Raumschiff herum, »wie soll ich denn jemals nach Pax kommen, wenn du mich ständig aufhältst?«

»Wohin?«, fragt Helena.

»Pax«, erwidert Valentin.

»Was ist Pax?«, will Helena wissen.

»Ein Planet«, erklärt Valentin. »Der ist ziemlich weit weg. Und ich möchte vor Einbruch der Dunkelheit landen. Deshalb kann ich mich jetzt nicht mit so Kleinigkeiten wie den Socken aufhalten.«

»Aha«, sagt Helena. »Aber könntest du vielleicht auf Kroko-Island zwischenlanden, damit wir zusammen einen Toast Hawaii essen können?«

»Toast Hawaii?«, fragt Valentin begeistert und lässt das Raumschiff sinken. »Ist das der mit Käse und Ananas und Schinken?«

»Genau der«, erwidert Helena zwinkernd.

»Keine Papaya?«, hakt Valentin nach.

»Keine Papaya«, bestätigt Helena lächelnd.

»COOL!«, ruft Valentin und wedelt aufgeregt mit seinem Raumschiff herum. »Warum hast du das denn nicht gleich gesagt? Ich dachte schon, du hättest wieder Vitamine und so geschnippelt. Klar kann ich zwischenlanden! Wo genau liegt denn Kroko-Island?«

»Hm«, sagt Helena und sieht sich zwischen den verstreuten Socken im Kinderzimmer um, dann streckt sie eine Hand aus und deutet über das Bett. »Da vorne auf dem Fensterbrett sieht es sehr nach Kroko-Island aus.«

»Sicher?«, fragt Valentin.

»Absolut«, meint Helena. »Da sitzt doch auch dein Stoffkrokodil. Also, wo sonst sollte Kroko-Island sein?«

»Stimmt!«, sagt Valentin und lässt das Raumschiff in Richtung Fenster fliegen. Kurz darauf landet es auf Kroko-Island, und Valentin hüpft über zwei Paar Socken hinweg zu seiner Mutter.

»Ist der Toast schon fertig?«, fragt er.

»Ja«, sagt Helena. »Aber leider können wir ihn nicht essen.«

»Was?«, fragt Valentin entsetzt. »Warum nicht?«

»Weil der Weg zurück in die Küche mit Socken versperrt ist«, erwidert Helena und hebt bedauernd ihre Schultern.

»Haha«, sagt Valentin, »so viele Socken habe ich gar nicht.«

»Doch«, entgegnet Helena und deutet auf den Fußboden. »Ich kann mich jedenfalls keinen Schritt bewegen, ohne auf einer Socke auszurutschen.«

»Auf Socken rutscht man doch nicht aus«, widerspricht Valentin.

»Also, ich schon«, sagt Helena und lässt sich zum Beweis wild mit den Armen fuchtelnd auf den Boden fallen.

»Mama«, schimpft Valentin. »Hör auf, solchen Quatsch zu machen, dafür bist du zu alt! Das ist voll peinlich!«

»Ich bin doch nicht alt«, erwidert Helena.

»Doch. Im Gegensatz zu mir schon«, erklärt Valentin und fängt dabei an, seine Socken in die oberste Schublade der Kommode zu werfen, damit seine Mutter unverletzt aus dem Zimmer und bis hin zum Toast Hawaii kommt. »Aber im direkten Vergleich mit Oma und Opa nicht.«

»Danke«, sagt Helena. »Das ist sehr beruhigend.«

Die letzte Socke landet mit einem leisen Plopp in Valentins Kommode, und da steht seine Mutter endlich wieder vom Fußboden auf, damit sie sich auf den Weg in die Küche machen können. Valentin flitzt voran, aber als er an Helenas Arbeitszimmer vorbeikommt, bleibt er abrupt stehen und blickt stirnrunzelnd auf den Schreibtisch.

»Was ist denn los?«, fragt Helena überrascht.

»Musst du heute noch arbeiten?«, fragt Valentin unsicher. »Da liegen schon wieder lauter dicke Manuskripte auf deinem Tisch. Oder hast du die alle durchgelesen?«

»Nein«, antwortet Helena. »Die habe ich noch gar nicht angefangen. Im Moment lese ich das Manuskript, das im Schlafzimmer neben dem Bett liegt. Aber du brauchst dir keine Sorgen zu machen: Heute möchte ich kein einziges Wort mehr sehen.«

»Aber warum denn nicht?«, will Valentin erstaunt wissen. »Du magst doch sonst immer Worte.«

»Ja, eigentlich schon«, erwidert Helena. »Aber zurzeit bin ich mit einem traurigen Manuskript beschäftigt, und davon kann ich nicht so viel auf einmal lesen.«

»Warum nicht?«, fragt Valentin. »Du liest doch oft traurige Sachen.«

»Das stimmt«, sagt Helena. »Aber in diesem Buch sterben so viele Menschen, dass ich zwischendurch eine Pause machen muss, um ein wenig am Leben teilzuhaben.«

»Aber du lebst doch in jedem Moment ganz viel«, sagt Valentin nachdenklich. »Egal ob du gerade in einem Buch feststeckst oder Papayas kaufst. Und eine Geschichte, in der ganz viel Tod vorkommt, die muss doch auch voll mit Leben sein. Weil das beides zusammengehört.«

»Ach du«, sagt Helena und streicht ihrem Sohn über sein dichtes braunes Haar. »Du bist ganz schön klug.«

»Klar«, sagt Valentin. »Das habe ich von dir geerbt. Und falls ich eines Tages mal unsichtbar werde, dann habe ich das bestimmt von Papa.«

»Bloß nicht«, sagt Helena. »Bleib ja sichtbar!«

»Okay«, erwidert Valentin. »Aber nur, wenn ich jetzt endlich meinen Toast Hawaii bekomme.«

»Abgemacht!«, stimmt Helena zu.

Und dann gehen die beiden weiter in die Küche, und während sie dort schließlich zusammen am Tisch sitzen, in dem strahlend hellen Sonnenlicht, gemeinsam mit drei schiefen Papiervögeln, die Valentin einmal gebastelt hat, erzählt Valentin Helena von Pax. Jetzt weiß er nämlich, wie es dort aussieht: Es ist ein Planet, der nur dem Tod gehört. Alle Bewohner stammen von irgendwelchen Planeten, auf denen sie einmal gelebt haben, bis sie schließlich gestorben sind. Aber nun sind sie Paxaner, und natürlich sind viele von ihnen sehr traurig, weil jeder Tod mit Abschied verbunden ist und weil es niemals leicht ist, loszulassen, davonzugehen, einen letzten Augenblick zu erleben. Aber irgendwann, mit der Zeit, kommt eine neue Zeit. Und diese Zeit wäre niemals gekommen, wenn die andere nicht vorbeigegangen wäre.

Deshalb ist es schön auf Pax.

Trotz all dem Tod.

Das erzählt Valentin, weil er fühlt, dass seine Mutter heute so eine Geschichte braucht, um das Leben ganz fest zu halten. Denn er weiß, dass Helena oft Angst davor hat, dass ihm etwas passieren könnte. Genau wie alle anderen Mütter auch. Dabei kann sie gar nicht mehr tun, als aufzupassen, so gut, wie sie kann. Und wenn sie Glück haben, dann reicht das aus, um unbeschadet vorbeizukommen, an betrunkenen Autofahrern, an reißenden Flüssen und an einschlagenden Menschen. Aber wenn es nicht so ist, wenn sie Pech haben, dann wird keine Angst der Welt das verhindern. Und weil der Tod das Ende eines jeden Lebens ist, wird er wohl nichts dagegen haben, wenn jedes Leben bis hin zum Tod unsterblich ist.

Das bedeutet nichts weiter.

Als alles.

Was wir wissen.

Und nachdem Valentin genug von Pax berichtet hat und sich zufrieden eine riesige Gabel voll Toast Hawaii in den Mund schiebt, erzählt Helena ihm ein kleines bisschen von dem traurigen Manuskript, in dem ganz viele Menschen sterben. Sie erzählt von einem kleinen Jungen, der seinen besten Freund vermisst, und von einem Mädchen, das viel zu früh an Krebs stirbt. Dann erzählt sie von der Mutter, die ihre Tochter nie mehr wiedersehen wird, und von einem Mann, der den Halt zu seinem Leben verliert. Und während Helena sich erinnert, an all diese Menschen, die sie nur von den Worten aus ein paar bedruckten Seiten kennt, da fällt ihr mit einem Mal auf, dass diese Geschichten sie genau so berühren, wie sie geschrieben wurden – nicht als Buch, das man in einem Atemzug durchliest, nicht als Text, den man mit Leichtigkeit verschlingt, sondern Geschichte für Geschichte, ein ganzes Leben, verfangen in einem großen Ganzen, mit einer Erkenntnis, zum Ende hin so schön und traurig zugleich, dass fernab der Zeit und der Stille ein jedes Wort von Hoffnung spricht.

Denn wofür schreibt ein Mensch über den Tod, wenn nicht, um den Lebenden eine Chance zu geben, zu verstehen, wie dieser Ort heißt, an dem alles, alles vergeht, und wie groß und weiträumig er ist. Wie namenlos. Wie unerkannt.

So unendlich fern.

Und doch so nah.

Gezeiten.

Und da muss Helena auf einmal lächeln, weil sie verstanden hat, wie dieses Manuskript enden wird, und was es bedeutet, einer Geschichte vom Tod zu lauschen, die mitten im undurchsichtigen Raum des Lebens spielt.

Ja, sie weiß: Kein Dasein ist ein Versprechen an die Zukunft, für immer zu bleiben – aber jedes Dasein bestätigt die Gegenwart.

Und was mehr können wir haben.

Als Zeit.

Valentin Fall. Ein Junge, mitten im Leben. Er schneidet das letzte Stück von seinem Toast Hawaii durch und legt das größere auf Helenas Teller. Sie lächelt, pikt ihre Gabel hinein und hält es Valentin vor den Mund. Er lacht. Dann nimmt er den Bissen zwischen die Zähne und greift dabei mit seinen Fingern nach dem letzten Stück auf seinem Teller; kurz darauf schiebt er es seiner Mutter in den Mund, und sie beißt ihm mit Absicht ein kleines bisschen auf seinen Finger. Da lacht Valentin noch mehr, so sehr, dass er eine Hand auf seinen kleinen Bauch pressen und sich an der Tischkante festhalten muss, um nicht vom Stuhl zu fallen. Einen Augenblick lang ist die Ewigkeit so nah und schön, dass er sie fühlen kann. Am Himmel vor dem Fenster zieht eine Kranichwolke vorbei, so groß, dass Valentin ihr mit großen Augen hinterherblickt. Und dann hört er auch schon den Schlüssel seines Vaters in der Wohnungstür rasseln.

Valentin Fall. Der phantasievollste Junge in der Stadt am Waldrand. Und weil er derjenige ist, der das Glück der Welt zugeschrieben bekommen hat, wird sein Leben fernab des Todes verlaufen und nicht über die Schlaglöcher der Zeitfinsternis stolpern. Natürlich wird auch er manchmal weinen, natürlich wird es auch in seinem Leben Trauer und Schmerz geben; er wird Fehler machen und falsche Entscheidungen treffen, er wird sich in ein Mädchen verlieben, das ihn verlässt, bevor er das eine Mädchen findet, auf das er sich immer verlassen kann. Er wird zwei Jahre lang etwas studieren, womit er anschließend nie wieder etwas zu tun haben will, er wird sechzehn Strafzettel bekommen, einmal betrunken in einem fremden Treppenhaus aufwachen, zwei Wochen lang mit einer Lebensmittelvergiftung im Krankenhaus liegen und beim Losziehen immer nur Nieten abbekommen.

Aber abgesehen davon.

Wird sein Leben wunderschön verlaufen.

Und sollte ihn jemals jemand fragen, ob er etwas ändern würde, oder tauschen, und seien es auch nur ein paar kaputte Minuten – er würde verneinen.

Aus Respekt.

Vor jeder einzelnen Sekunde.

Und weil er sie erkannt hat: die Zusammenhänge.

Die den Faden unseres Lebens gespannt halten.

Und natürlich wird auch Valentin Fall eines Tages sterben.

Genau wie seine Eltern und alle anderen Menschen.

Aber bis dahin.

Ja. Bis dahin.

Ist unendlich viel Zeit.

21

Eine junge Frau flüstert lautlose Worte in den Wind. Sie ist auf dem Weg nach Hause. Es war ein langer Tag, und eine lange Nacht.

Sie murmelt stumm vor sich hin, damit sie nicht einschläft vor Erschöpfung. Sie wispert schweigend der Nacht entgegen, weil sie dunkel und verhangen die Straßen versperrt.

Sie ist müde. Todmüde.

Von einem schrecklichen Tag.

Von einer schrecklichen Nacht.

Wenig später erreicht sie ihre Wohnungstür. Erleichtert steckt sie den Schlüssel ins Schloss und betritt kurz darauf ihr vertrautes Zuhause. Ihr Magen knurrt. Sie hat seit Stunden nichts gegessen, sie hatte keine Zeit dafür. Denn heute ist ein Unglück nach dem anderen geschehen. Menschen sind gestorben, Menschen haben überlebt und wollten nicht mehr weiterleben, Menschen haben zu leben begonnen und sind dann plötzlich doch noch gestorben.

So viel Tod.

In so kurzer Zeit.

So viele Lebensgeschichten.

Auf so wenig Seiten.

Sie legt sich auf ihr Bett. Sie kann jetzt nichts essen, auch wenn ihr Magen vor Hunger schmerzt. Ihr Kopf ist wie betäubt und schwindlig von den unendlichen Kreisen. Denn sie hat heute Stunde um Stunde auf einen jungen Mann eingeredet, der verloren in seinen Gedanken mit dem Tod verhandeln wollte.

Aber die Trugbilder, die der Tod aufzeichnet, sie verzeichnen nichts weiter.

Als Schall und Rauch.

Lisa Haze. Die jüngste Ärztin in der größten Klinik der Stadt am Waldrand. Sie hat ein Herz, so zauberhaft und schön wie das Licht der Wintersonnenwende, auch wenn es oft dunkel wird um sie herum.

Wenn sie nicht arbeitet, dann besucht sie ihre Schwester und geht mit ihr und ihrem etwas verbeult aussehenden Pudel Lucky spazieren. Sie laufen niemals zum Schlosspark, obwohl Lucky ständig an seiner Leine zieht und versucht sie dorthin zu führen. Aber Lisas Schwester hat Angst vor dem Schlosspark, zu viele Erinnerungen hängen dort an einem Baum. So viel hat sie dort verloren, an einem einzigen toten Ast. Also gehen sie stattdessen immer in den Wald bis hin zu der geheimen Lichtung. Dort stehen sie dann zwischen den drei flüsternden Bäumen und blicken hinauf in den weiten Himmel. Lisas Schwester weint jedes Mal, und Lisa weiß, dass sie sie nicht trösten kann.

Denn Lisa kennt das Leben.

Und Lisa kennt den Tod.

Sie sieht jeden Tag, was er anrichtet, was er hinterlässt und was für blutige Spuren er zieht.

Bis weit in die Tiefen.
Dieser Stadt am Waldrand.

Vielleicht. Ganz vielleicht.
Vergeht die Zeit unsichtbar.
Wir dürfen nur nicht.
Hinsehen.

22

Kevin Pierce sitzt in seinem Büro und hat Kopfschmerzen. Heute haben ihn alle Menschen genervt. Vom Elektriker über den Grafiker bis hin zu seiner Sekretärin konnte es ihm an diesem Tag keiner recht machen. Aber vielleicht liegt das auch einfach an ihm selbst; denn er ist zwar Architekt, wie er es immer sein wollte, doch sein Job besteht nicht darin, ausgefallene Häuser oder phantasievolle Bauwerke zu entwerfen, so wie er es sich einmal erträumt hat. Nein – der Markt ist überfüllt, und deshalb hat er sich gezwungenermaßen auf Messebau und Hallenarchitektur spezialisiert, obwohl ihn beides nicht im Geringsten interessiert.

In der kleinen Firma, die Kevin Pierce leitet, geht zurzeit alles drunter und drüber. Entweder gibt es wochenlang keine Aufträge, oder es kommen so viele auf einmal herein, dass Tag und Nacht gearbeitet werden muss, damit die Deadlines eingehalten werden können. Heute ist so ein Deadlinetag. Die Zeit war knapp bemessen, aber sie hat ausgereicht. Trotzdem hat Kevin Pierce seit der Projektvorstellung um zwölf Uhr schlechte Laune, denn er hat zwei Wochen lang ohne Pause durchgearbeitet, weder Frau noch Sohn zu Gesicht bekommen, abgesehen von einem kurzen Guten-Morgen-Gruß, bei dem er viel zu verschlafen war, als dass man ihn hätte mitzählen können, und er ist auch noch kein einziges Mal dazu gekommen, seinen Schreibtisch aufzuräumen und seine Post durchzusehen.

Als nun zu allem Übel Kevin Pierce' Telefon im Minutentakt zu klingeln anfängt, abwechselnd mit seinem Handy, hat er endgültig keine Lust mehr. Er reißt den Stecker des Telefonkabels aus der Wand, schaltet das Handy aus und geht zu seiner Sekretärin, um zu verkünden, dass er eine zweistündige Mittagspause einlegen wird, um seine Gedanken zu sammeln.

Die Sekretärin nickt verständnisvoll. Auch sie ist überarbeitet und todmüde, aber sie kann es sich leider nicht leisten, eine Pause zu machen, denn sie hat noch viel zu tun und möchte pünktlich nach Hause, damit sie für ihre Töchter ein schönes Abendessen kochen kann. Also nickt sie ihm nur freundlich zu und macht sich gleich weiter an den Stapel mit Kontoauszügen und Rechnungspapieren.

Kevin Pierce hängt seine gestreifte Krawatte im Flur an die Garderobe, bevor er das Bürogebäude verlässt. Sie hat ihn eingeengt, und er möchte endlich atmen, ohne dass sich dabei sein gesamter Hals zusammenschnürt. Im Laufen öffnet Kevin Pierce auch noch den obersten Knopf seines weißen Hemdes, krempelt die Ärmel ein Stückchen hoch und blinzelt schließlich erleichtert in die Sonne.

Überall rennen Menschen umher, denn das Büro befindet sich direkt im Zentrum nur wenige Schritte von der Einkaufsmeile entfernt. Kevin Pierce schiebt sich an zwei Skatern vorbei, hält im Vorbeigehen einer alten Frau die Tür zu einem Laden auf, stößt mit einem Glatzkopf zusammen, der gerade lautstark in sein Handy schimpft und dabei Kaffee über seinen Anzug und den Gehweg verschüttet.

Hektisch und voller Trubel.

Fremde Gesichter und fremde Zeiten.

So ist es immer, in der größten Einkaufsstraße in der Stadt am Waldrand; Kevin Pierce hat sich längst daran gewöhnt. Aber heute kann er die vielen Menschen nicht ertragen, sie geben ihm das Gefühl, ein Mitläufer der breiten Masse zu sein, also biegt er in eine der kleinen Seitenstraßen ab. Sofort wird es etwas ruhiger um ihn herum, das unverständliche Gemurmel und das Hupen der Autos dringen nur noch aus dem Hintergrund zu ihm vor.

Kevin Pierce seufzt erleichtert.

Das ist alles, was er jetzt möchte.

Ein bisschen Ruhe, ein bisschen Zeit – keine Eile, kein Stress, und keine klingelnden Handys.

Wenig später sitzt Kevin Pierce in einem gemütlichen Café, in dem er noch nie zuvor gewesen ist. Es liegt drei Blocks weiter in einer winzigen Seitengasse und wirbt mit hausgemachten Kuchen wie bei Mutter. Kevin Pierce erinnert sich sofort an den wunderbaren Kirschkuchen, den seine Mutter früher jedes Wochenende gebacken hat; und so sitzt er nun in dem kleinen Café und stochert in einem Stück Kirschmandelkuchen herum, obwohl er nicht den geringsten Appetit verspürt.

Neben ihm sitzen zwei Frauen. Sie sind Mitte vierzig und unterhalten sich aufgebracht über ihre Ehemänner. Die eine kann ihren Mann nicht leiden, weil er raucht, mittlerweile einen Bierbauch hat, immer zu spät von der Arbeit nach Hause kommt, niemals das Bett macht und keine Ahnung von zeitgenössischer Kunst hat. Die andere kann ihren Mann nicht leiden, weil er sie gerade erst mit der Nachbarin betrogen hat, jedes Wochenende besoffen von einem Fußballabend mit seinen Kumpels nach Hause kommt, ständig flucht und sich kaum um die beiden Kinder kümmert.

Einen Moment lang überlegt Kevin Pierce, ob die beiden wohl den gleichen Ehemann haben und gar nichts davon wissen. Irgendwie findet er diese Vorstellung ziemlich amüsant. Aber ihm ist nicht nach Lachen zumute, und so hört er einfach weiterhin mit einem Ohr zu, wie die beiden Frauen schimpfen und schimpfen, während er nachdenklich an seinem Espresso nippt.

Zwei Stunden lang.

Sitzen die beiden Frauen in dem Café neben Kevin Pierce und regen sich über ihre Männer auf. Zwei Stunden lang haben sie mürrische Gesichter und fühlen sich vom Leben schlecht behandelt. Zwei Stunden lang sagen sie kein einziges fröhliches Wort.

Sie lachen nicht, sie leben nicht.

Sie existieren kaum.

Zwei Stunden.

Eine Ewigkeit.

Kevin Pierce runzelt seine Stirn und blickt erschöpft auf seine Armbanduhr, als die beiden Frauen endlich gehen. Tatsächlich: zwei volle Stunden. Keinen Augenblick weniger. Er seufzt und schüttelt seinen Kopf. In diesen zwei Stunden hätten die beiden nach Hause gehen können, die Scheidungspapiere in doppelter Ausführung unterschreiben, Koffer und Umzugskisten packen, im Internet nach einer neuen Wohnung suchen, die Mitgliedschaft in einem Dating-Forum für Singles erwerben und ganz nebenbei auch noch ein neues Leben beginnen können.

Kevin Pierce seufzt erneut und starrt mit glasigen Augen auf den kaum angerührten Kuchen, dabei schmeckt er wirklich gut, fast wie bei seiner Mutter. Das muss er zugeben. Und wenn er genauer darüber nachdenkt, dann wird ihm plötzlich bewusst, dass er ein sehr schönes Leben führt. Seine Frau ist liebenswert und hübsch, sein Sohn ist aufgeweckt und fröhlich. Sein Job ist eigentlich ganz okay, er verdient zwar schlechter als einige andere Architekten, aber wesentlich mehr als viele seiner Mitmenschen. Und das mit den Häusern kann schließlich immer noch etwas werden, denn er ist jung und voller Ideen. So gesehen hat er keinen Grund zur Beschwerde.

Kevin Pierce' Miene hellt sich ein wenig auf.

Er denkt weiter über sein Leben nach.

Er hat wirklich Glück.

Seine Angestellten sind allesamt fähige Menschen, entgegenkommend und höflich. Es gibt kaum Streitereien, nur hin und wieder kleine Meinungsverschiedenheiten, die sich meistens auf die engstirnigen Auftraggeber beziehen und nur selten etwas mit der Firma zu tun haben. Außerdem ist sein bester Freund Martin Grey endlich von einer zweijährigen Weltreise zurückgekehrt und erzählt jedes Mal eine wunderbare Geschichte, wenn sie sich sehen. Und damit sind richtige Geschichten gemeint – so kunstvoll ausgeschmückt wie die aus Tausendundeiner Nacht und so ehrlich wie die handverlesene Zeit.

Es sind wahre Abenteuer.

Tiefgründig bis zum Meeresboden.

Weitreichend wie die Strände am Pazifik.

Und so hoch wie die ausschlagenden Wellen.

Kevin Pierce beginnt zu lächeln. Kaum merklich zwar, aber dennoch offensichtlich, verändert sich seine Verfassung. Er ist glücklich. Denn er hat endlich Zeit. Und er nutzt diese wunderbare Zeit, um dort an dem kleinen Tisch zu sitzen, in diesem lauschigen kleinen Café, um sein Leben zu überdenken. Und während die freundliche Kellnerin mit den langen gewellten Honighaaren die heruntergebrannte Kerze auf seinem Tisch gegen eine neue austauscht, fängt Kevin Pierce' Herz mit einem Mal an, munter zu schlagen.

Ja! Er hat ein gutes Los gezogen.

Er liebt diese Zeit.

Er würde sie niemals eintauschen wollen.

Und deshalb wird er jetzt zurück in sein Büro gehen und seinen unordentlichen Schreibtisch aufräumen. Er wird sich bei seinen Angestellten bedanken, für die angenehme Zusammenarbeit, trotz der Anspannung der letzten Tage, und er wird seiner großartigen Sekretärin eine Schachtel Pralinen und eine Flasche guten Wein mitbringen. Denn Kevin Pierce weiß, dass sie eine bodenständige und liebenswerte alleinerziehende Frau ist, die jeden Tag hart arbeitet, um ihren beiden Töchtern ein gutes Leben zu ermöglichen. Und er weiß auch: Es ist noch gar nicht lange her, da hatte sie drei Töchter.

Sarah, Jessica.
Und Jenny.

Kevin Pierce fährt sich mit einer Hand durch die Haare und reckt sich. Endlich geht es ihm wieder besser. Denn er hält sein Leben fest in den Händen und entscheidet selbst über die Beschaffenheit dieser Wege, auf denen er seinen Lebenslauf vollbringt.

Er kann alles erreichen, was er will.

Alles. Und noch viel mehr.

Kevin Pierce lächelt zufrieden. Das ist die Glückseligkeit der Empfindungen. Sie ist wankelmütig in ihrer Erscheinung, aber wenn sie stark ist und schön, dann ist sie stärker und schöner als alles andere.

Kevin Pierce bestellt einen weiteren Espresso mit Milchschaum und verspeist anschließend mit Appetit den Rest des Kirschmandelkuchens bis auf den letzten Krümel. Dann zieht er sein Portemonnaie hervor, gibt ein großzügiges Trinkgeld und steht auf, um das Café zu verlassen. Ihm fällt ein, dass er am Abend, auf dem Weg nach Hause, auch noch ein paar Blumen besorgen könnte, für seine Frau, und ein Stofftier, für seinen Sohn.

Ja. Das ist eine gute Idee.

So wird er es machen.

Kevin Pierce. Leitender Geschäftsführer und Gründer von *Art Work Technologie,* einem kleinen Architekturbüro mitten im Zentrum der Stadt am Waldrand. Er ist gut aussehend, gebildet, charmant und immer pünktlich.

In fünf Minuten wird er einen Feinkostladen betreten, um Pralinen und Wein für seine Sekretärin zu kaufen, zehn Minuten später wird er den Aufzug im Bürokomplex erreichen und ihn gemeinsam mit zwei anderen Männern, die beide eine rote Krawatte tragen, betreten. Weitere fünf Minuten später wird er wieder an seinem vertrauten Schreibtisch sitzen und mit dem Aufräumen und Ordnen der Akten, Papierrollen und Notizen beginnen. In einer Stunde wird er damit fertig sein und sich zufrieden in dem Bürostuhl zurücklehnen und die Augen schließen.

Er wird dankbar sein.

Für den Facettenreichtum dieses Tages.

Und für das Glück, am Leben zu sein.

Zehn Sekunden später wird die Tür zu seinem Büro aufgerissen werden, und seine tränenüberströmte Frau wird hereingestürmt kommen.

Denn sein Sohn.

Hieß Alex.

23

Serena White, einundzwanzig Jahre alt. Sie lebt mit ihrer Mutter in einer hübschen Wohnung ganz in der Nähe der Universität, an der sie Mathematik und Chemie studiert. Bevor sie mit diesem Studium angefangen hat, ist sie zwei Jahre lang kaum in der Stadt am Waldrand gewesen, denn sie hat ihre Zeit auf den Laufstegen der Welt verbracht, seit sie damals, mit sechzehn, ganz unvermittelt von einem Modelscout angesprochen wurde und ihr ruhiges, Leben sich in einen glanzvollen Rausch aus teuren Kleidern, exklusivem Schmuck und ansehnlichen Schecks verwandelt hatte. In den ersten Wochen war Serena jedes Mal freudestrahlend von ihren Aufträgen zurückgekehrt und hatte voller Übermut und mit funkelnden Augen berichtet; aber bald darauf war eine Zeit angebrochen, in der Serena kaum noch zu Hause war und ihren Schulabschluss mit Hilfe eines Privatlehrers absolvieren musste. Sie wurde immer magerer, verlor den Kontakt zu ihren Freunden, und ihre Mutter verbrachte den größten Teil der Abende damit, ihrer Tochter hinterherzutelefonieren, um sie dazu zu bewegen, die Modelkarriere zu beenden und nach Hause zu kommen. Auch Serenas Vater, der sich von der Mutter getrennt hatte, als Serena gerade mal drei Jahre alt war, versuchte alles, um seine Tochter vom Laufsteg zurück auf den Boden zu holen. Aber Serena war so gefangen in einem Rausch aus Kameras, Partys und Diätpillen, dass sie sich einfach eine neue Handynummer zulegte und jeden Kontakt zu der Stadt am Waldrand abbrach. Sie ist erst wieder zurück nach Hause gekommen, als Evelyn Starlet, ein Mädchen, mit dem sie bei vielen Shows gemeinsam gelaufen war, direkt vor ihr tot auf einem Catwalk zusammengebrochen war. Serena White hatte, noch im Schockzustand, alle ihre Sachen in ihre drei Koffer gepackt, war zum Flughafen geeilt und hatte sich ein Ticket für den nächsten Flug in die Stadt am Waldrand gebucht. Dann hatte sie die Wartezeit damit verbracht, die Läden der Shopping-Area abzuschreiten, obwohl es dort nichts gab, was sie auch nur im Geringsten interessiert hätte. Schließlich war sie vor einem Prada-Schaufenster zum Stehen gekommen und hatte nachdenklich damit begonnen, ihr ausgehungertes Spiegelbild zu betrachten. Sie musste mit Entsetzen feststellen, dass sie genauso krank wie Evelyn Starlet war. Daraufhin war Serena White in das nächstbeste Café gestürzt und hatte sich ein belegtes Brötchen, ein Schokocroissant und einen Orangensaft gekauft. Weinend hatte sie sich auf eine abgeschiedene Bank gesetzt, die anfliegenden Maschinen betrachtet und dabei das Brötchen und das Croissant gegessen. Sie hatte vergessen, wie Butter schmeckt und Schokolade. Und es tat weh, sich wieder zu erinnern.

Einige Stunden später war sie zurück in der Stadt am Waldrand. Der Taxifahrer hatte ihr geholfen, die Koffer bis vor die Wohnungstür zu tragen, dann hatte er sie um ein Autogramm gebeten. Sie hatte es ihm gegeben und war froh, als er endlich davonfuhr. Dann hatte sie geklingelt, und wenig später hatte ihre Mutter sie in die Arme geschlossen, und so fest gehalten, dass Serena wusste, dass ihre Eltern ihr verzeihen würden.

Serena White, sie hat eine riesengroße Luxuswohnung in der Nähe vom Schlosspark, aber sie hat sich dafür entschieden, bei ihrer Mutter zu leben. Denn sie hat erkannt, dass es eine Zeit gibt, die sie beide verpasst haben, und nun haben sie die Chance, alles nachzuholen, was sie sich zurückholen möchten.

Serena White und ihre Mutter. Sie tasten sich aneinander heran, erzählen sich von den Jahren, in denen sie sich verloren hatten, und versuchen zu verstehen, wie ein einziger Moment sich in die Ewigkeit verwandeln kann und wieder zurück, ohne dass man merkt, wie sehr sich alles um einen herum verändert.

Serena White. Sie hat gelernt, dass sie ein unnahbares, todeshungriges Mädchen sein kann, das dem Leben den Rücken zukehrt, nur um eine Gratwanderung auf dem Strich der Modescheinwelt zu vollziehen. Sie hat sich mitreißen lassen, von den reizvollen Bildern der *Vogue*, sie hat sich fortreißen lassen, von dem, was sie wirklich wollte, und sie hat sich zerreißen lassen von dem, was sie auf einmal war.

Serena White. Sie hat aus ihren Fehlern gelernt. Sie hat erkannt, wer sie nie wieder sein möchte, und dass es in ihren Händen liegt, an welche Werte sie sich von nun an halten wird. Sie hat verstanden, wie schön es ist, eine Familie zu haben, die einen zurückkehren lässt, aus der hässlichen Abgeschiedenheit, in die man sich selbst verbannt hat.

Aus Eitelkeit, aus Einsamkeit.

Aus einer Laune heraus.

Von einem Fehler.

In den nächsten.

Stolpernd.

Serena White. Jeden Morgen steht sie um sieben Uhr auf und deckt den Frühstückstisch für sich und ihre Mutter. Sie schneidet etwas Obst, sie toastet Brot, sie gießt Saft und Kaffee ein. Sie bemüht sich darum, wieder aufrichtig zu leben; nicht mehr davonzulaufen, vor dem Ort, an dem sie aufgewachsen ist und den sie liebt.

Am Wochenende geht Serena mit ihrem Vater spazieren. Er freut sich jedes Mal, sie zu sehen, und bietet ihr immer wieder an, dass sie ihn doch auch ab und zu mal in seiner Mittagspause besuchen könnte. Serena ist sein einziges Kind, mit seiner neuen Frau ist er zwar schon lange verheiratet, aber sie möchte keine Kinder haben, obwohl er sich sehr darüber freuen würde. Und damals, als Serena unerreichbar durch die Welt gezogen war, von einem Shooting zum nächsten, von Laufsteg zu Laufsteg, da hatte er sie an jedem Tag vermisst und sich nichts mehr gewünscht als ihre Rückkehr.

Serenas Vater. Er ist Kardiologe, er hat ständig sterbende Menschen um sich. Gerade in dieser Zeit betreut er einen jungen Mann, der nur noch wenige Monate zu leben hat. Er ist talentiert, zuvorkommend, freundlich und voller Lebensmut. Serenas Vater erzählt Serena davon und von dem Schmerz, der ihn jedes Mal erfüllt, wenn der junge Mann mit dem Herzfehler zu ihm kommt. Dann fragt er Serena, wie es ihr geht und ob es weitergeht, mit dem Studium. Serena nickt und lächelt. Sie hat in allen Prüfungen gut abgeschnitten, und sie hat aufgehört zu hungern. Der Vater lächelt erleichtert.

Er weiß, wie krank ein Körper werden kann.

Er weiß es allzu gut.

Serena White und ihr Vater wandern am Fluss entlang in Richtung Schlosspark. Am Ufer steht eine junge Frau und blickt den Enten nach, die sich gemächlich flussabwärts treiben lassen. Die Frau sieht traurig aus, gefangen in einer Erinnerung, verloren in einem abgeschiedenen Augenblick. Aber sie hält eine Hand auf ihren schwangeren Bauch gepresst und blinzelt der Strömung entgegen.

Serena fragt sich.

Was die Frau wohl verloren hat.

Dass sie so sehnsüchtig in die Tiefe blickt.

Wenig später erreichen Serena und ihr Vater auch schon die Wiese am Schlosspark, und da sagt ihr Vater gedankenversunken: »Als Kind hast du hier gerne gespielt. Erinnerst du dich noch daran?«

»Ja, na klar«, antwortet Serena lächelnd. »Aber damals war die Wiese größer und die Blumen und die Bäume auch.«

Serenas Vater lacht.

»Wie schnell du erwachsen geworden bist«, sagt er schließlich leise – mehr zu sich selbst als zu ihr. Denn er weiß noch genau, wie winzig seine Tochter einmal gewesen ist, damals, als er noch dachte, er könnte sie vor jedem Unheil auf der Welt bewahren, wenn er ihr nur rechtzeitig die Weisheiten der Zeit weitergeben könnte. Aber wie sich herausgestellt hatte, haben alle Menschen eines gemeinsam: Sie suchen sich die Fehler selbst aus, die sie begehen wollen.

Serena hat sich wieder in der Stadt am Waldrand eingelebt. Sie ist froh, jeden Morgen in ihrem Bett aufzuwachen, und nicht in einem fremden Hotelzimmer. Sie hat das viele Geld, das sie in den letzten Jahren verdient hat, gut angelegt und konzentriert sich auf ihr Studium und einen Töpferkurs, den sie seit kurzem besucht.

Es ist ein schönes Gefühl, wieder am Leben zu sein.

Es ist ein Glück, sich zu seiner Zeit zu bekennen.

Das weiß Serena mit Sicherheit.

Denn sie hat einen Verstand, der eigenständig zu seinen Gedanken steht und auch zu den Fehltritten, die sie begangen hat. Nur hin und wieder ist sie etwas einsam – es ist nicht leicht, so jung und doch schon so alt zu sein. Aber Serena kennt dieses Dasein, und sie kennt auch den Freiraum, der zwischen ihren Erinnerungen liegt, und den sie jederzeit gestalten kann.

Wer weiß.

Was aus ihrem Leben geworden wäre.

Wenn Evelyn Starlet an diesem einen Abend nicht direkt vor ihren Augen gestorben wäre. Wer weiß, ob sie jemals zurückgekehrt wäre, wenn dieser Schreck sie nicht wachgerüttelt hätte, aus ihren luftleeren Träumen.

Wer weiß? Wer weiß.

Es ist nicht wichtig.

Denn heute, an diesem wunderschönen Frühlingstag, entschließt sich Serena White, nach der Uni noch kurz bei ihrem Vater in der Praxis vorbeizuschauen. Sie trägt ihre Hefter und eine Tasche unterm Arm, und die weißen Schleifen an ihrem hellblauen Frühlingskleid flattern durch die Luft und erinnern sie daran, dass sie einmal das bildhübsche Mädchen auf den riesigen Plakaten gewesen ist.

Unnahbar und unantastbar.

Aber diese Zeit ist jetzt vorbei.

Und Serena lächelt – denn sie fühlt sich heute schöner und glücklicher als je zuvor. Im Treppenhaus stößt sie mit einem Mann in ihrem Alter zusammen. Er hilft ihr, die heruntergefallenen Ordner aufzusammeln. Dann lächelt er ihr zu, und sie lächelt verlegen zurück. Sie weiß nicht, dass er gerade aus der Praxis ihres Vaters kommt. Sie weiß nicht, dass er der Patient mit dem Herzfehler ist, von dem ihr Vater ihr kürzlich erst erzählt hat.

Sie weiß nur, dass sie sich verliebt hat.

Zum ersten Mal in ihrem Leben.

Genau wie er.

Serena White und Lincoln Reed.

Sie haben noch vier Monate.

Einundzwanzig Tage.

Und sieben Stunden.

24

Der Mann hat elf Mal versucht sie anzurufen, aber sie geht nicht an ihr Telefon. Und er weiß, das bedeutet nichts Gutes.

Einen Moment lang schiebt er unruhig einige Notizen auf seinem Tisch herum, dann fängt er an, alle Menschen in der Stadt am Waldrand anzurufen, die sie kennen. Aber keiner weiß, wo sie ist, keiner kann sie erreichen.

Und da weiß er.

Sie ist tot.

Eine Stunde später betritt er ihre Wohnung. Die Polizei hat die Tür aufgebrochen. Er bleibt im Flur stehen, er möchte nicht weitergehen, denn er möchte sie lebend in Erinnerung behalten, nicht leichenblass und totenstill.

Er betrachtet die Kratzer an der Wand.

Sie ziehen sich dahin.

Bis in alle Räume.

Und er weiß: Irgendwo dort, in dem Schweigen, das zu groß war für ihre Stille, liegt sie und schläft für immer. Er hofft, dass es ein ruhiger Schlaf ist, dass sie lächelt in ihren Träumen, und dass sie aufwacht, an einem wunderschönen Ort.

Weit, weit weg.
Von der Stadt am Waldrand.

Der Mann geht nach Hause. Er wohnt im Dachgeschoss eines hellblauen Hauses mit efeubewachsenen Mauern. Auf dem großen Balkon stehen Pflanzen, ein kleiner Olivenbaum und unzählige Steine in allen Größen und Formen.

Er bleibt dort stehen.

Zwischen den Pflanzen und den Steinen.

Direkt unter dem riesigen Himmel.

Bald werden die ersten Sterne aufgehen, sie werden funkeln und glitzern und leuchten; sie werden den Mond umtanzen und bis zum Morgen hin wach bleiben. Erst wenn die Morgenröte in der Ferne erscheint, werden sie sich zurückziehen und den Himmel freigeben, für die Sonnenstrahlen und für die weißen Wolken, von denen manchmal eine aussieht wie ein Kranich.

Der Mann ist müde, aber er wird auf seinem Balkon stehen bleiben. Die ganze Nacht. Er wird die Sterne betrachten und den Mond, er wird nach Nebelschwaden Ausschau halten, und nach dem Staub der herabfallenden Erinnerungen.

Doch es wird dunkel werden.

Immer dunkler.

Und früh am nächsten Morgen dann wird der Mann in sein Büro gehen und nichts von dem tun, was er sonst tut. Er wird keine Termine koordinieren, keine Rechnungen verschicken, kein einziges Blatt Papier auf den Kopierer legen.

Er wird nur einen luftleeren Brief öffnen, in dem

Versuch zu funktionieren. Aber die Buchstaben und Zahlen werden vor seinen Augen verschwimmen – zu einem Fluss aus Worten und Zeit. Sie werden davongleiten in einem Strom aus blau glitzerndem Licht.

Und dann wird es hell werden.

Immer heller.

Bis alles verschwindet.

Der Mann.

Er hatte eine Tochter.

Sie hieß Alice Clay.

25

Kathy und Edward. Aufgewachsen in der Stadt am Waldrand, geboren in der Nähe des Schlossparks. Sie war die Prinzessin auf der Erbse, damals im ersten Schultheaterstück, und er war die Erbse in einem hässlichen knallgrünen Kostüm.

Alle haben über ihn gelacht damals.

Aber Kathy hat ihm zugeflüstert: »Ich finde es toll, dass du die Erbse bist! Sonst hätte ich gar nicht die Prinzessin sein wollen. Es ist nämlich todlangweilig allein auf diesem dämlichen Berg von Matratzen.«

So sind sie Freunde geworden.

Die Prinzessin und die knallgrüne Erbse.

Kathy und Edward. Sie kennen sich eigentlich schon immer. Sie waren im selben Kindergarten, auf derselben Grundschule, auf derselben Oberschule, und nun wohnen sie seit einem Jahr in derselben Wohnung.

Und was tun sie?

Sie schweigen sich an.

Es gibt längst nichts mehr, das sie verbindet. Zwischen ihnen herrschen Belanglosigkeit und unausgesprochenes Schweigen. Sie sehen sich an. Hilflos. Fraglos. Sie hatten sich doch einmal so viel zu sagen.

Wo sind all die Worte hin? Und was soll von hier an noch geschehen?

Alles. Nichts.

Vielleicht hilft eine Revolution – eine grundlegende Umwälzung aller beziehungstechnischen Gewohnheiten. Aber warum so viel Mühe, für so wenig Liebe? Er könnte bestimmt mit einem anderen Mädchen glücklich werden, und sie mit einem anderen Jungen. Sie sind doch beide erst neunzehn Jahre alt. Sie müssen sich noch nicht binden, sie müssen noch nicht für immer beieinander sein. Sie können beide ihres Weges gehen, und vielleicht kreuzen sich diese Wege erneut.

Wer weiß. Vielleicht.

Irgendwann.

Kathy und Edward. Seit fünfzehn Jahren ein Dasein. Sie hat noch nie einen anderen Jungen geküsst, er hat noch nie ein anderes Mädchen berührt. Ja. Vielleicht hätten die beiden sich schon längst trennen sollen, aber sie kommen einfach nicht voneinander los. Schon damals, im Kindergarten, als sie sich zum ersten Mal gesehen haben, konnten sie ihre Augen nicht voneinander lassen.

Aber heute sehen sie aneinander vorbei.

Mit Absicht?

Mit Weitsicht?

Sie wissen es nicht.

Sie wissen gar nichts mehr.

Kathy fängt an zu weinen. Sie liebt Edward sehr, und sie weiß, er liebt sie auch. Aber wohin zieht man sich zurück, wenn alle Räume enger werden? Wer begrenzt den Verlauf eines jeden Augenblicks, wenn die Blicke, die man austauscht, sich nicht mehr treffen? Wo kommt man an, wenn man aufgehört hat, sich zu bewegen? Und wie findet man zurück, wenn man nicht weiß, aus welcher Richtung man gekommen ist?

»Niemand«, wispert Kathy. »Niemand kann diese Fragen beantworten. Abgesehen von dir. Und Liebe allein ist kein Versprechen. Das wissen wir beide. Aber wir vergessen es – einstweilen.«

Edward legt seine Arme um Kathy.

Er hat kein Wort verstanden.

So leise war ihre Stimme.

»Bitte weine nicht«, flüstert er ihr zu. »Bitte, Kathy, sei nicht so traurig. Wir kriegen das schon hin. Weißt du noch, zusammen schaffen wir alles!«

Da lächelt Kathy unter Tränen, obwohl sie weiß, dass es nicht mehr funktionieren wird.

Und er weiß es auch.

Sie haben einfach nur Angst sich zu trennen. Denn wenn sie es nicht schaffen, Freunde zu bleiben, was sind sie dann?

Fremde. Nichts weiter.

Aber wie könnten sie jemals Fremde werden.

Nach all diesen vertrauten Jahren.

Kathy und Edward. Sie stehen voreinander. Um sie herum tobt laut die Musik. Aber sie haben alles ausgeblendet. Sie haben beide das Gefühl, sie seien zu zweit allein in einem abgeschlossenen Raum ohne Licht. Dabei stehen sie im *Off Road,* dem angesagtesten Club der Stadt. Der coole Barkeeper, der sonst immer da ist, hat heute frei, und die Leute rufen:

»Hey! Wo ist Rain!? Die Cocktails fließen nicht ohne Rain!«

Aber der Junge und das Mädchen hören gar nicht hin, was die tanzenden Menschen rufen. Sie sind zu vertieft in ihre Abschiedsgedanken. Sie wollen ihre Hände nacheinander ausstrecken und sich nie wieder loslassen, als Zeichen dafür, dass sie alles versucht haben.

Alles. Und mehr.

Doch sie wissen, dass dies der Punkt ist, an dem sie es beenden müssen. Sie schieben diesen Augenblick schon seit Monaten vor sich her. Und so tritt Edward schließlich einen Schritt zurück von Kathy, weil er weiß, dass sie darauf wartet, dass er diesen ersten letzten Schritt tut.

Kathy blinzelt im Licht der wirbelnden Discokugel. Sie hat Angst. Sie hat furchtbare Angst.

Aber dann tritt auch sie.

Einen Schritt zurück.

Kathy und Edward. Zwei Schritte trennen sie nun voneinander, zwei unendliche Schritte. Aber jeder von ihnen muss nur einen einzigen Schritt nach vorne tun, um diesen Raum wieder zu schließen.

Das verstehen sie beide.

In diesem offensichtlichen Bild.

Ihre Augen finden sich. Ihre Augen treffen sich. Und auf einmal wissen sie beide: Es ist egal, wie schwer diese Zeit zu ertragen ist. Es ist egal, dass Edward oft schlechte Laune hat, weil er keinen Studienplatz findet und auch keinen Job. Es ist egal, dass seine durchgeknallte Mutter betrunken durch die Straßen zieht und mit fremden Ehemännern schläft und seine große Schwester Evelyn schon als kleines

Kind von zu Hause abgehauen ist, nur um nie mehr wiederzukommen, weil sie es nicht ausgehalten hat, von den betrunkenen Freunden der Mutter angefasst zu werden. Und es ist auch egal, wie traurig Kathy ist, dass ihre Cousine Jenny im Alter von vierzehn Jahren an Krebs gestorben ist. Es ist egal, dass sie sich jeden Abend in den Schlaf weint, es ist egal, wie hässlich und schwer zu ertragen die Welt um sie herum manchmal ist.

Ja, es ist egal, wie müde sie sind.

Wie verletzt, wie einsam und wie enttäuscht.

Denn zusammen werden sie wieder aufwachen, an einem neuen Tag, in diesem wunderschönen Leben. Zusammen werden sie diese Zeit überstehen und über die Schlaglöcher des Schicksals hinwegschreiten.

Kathy und Edward. Sie lächeln sich an. Denn auf einmal wissen sie ganz genau: Mutige Liebe ist mehr wert als Angst.

Er nennt ihren Namen.

Und sie nennt seinen.

Als hätten sie vergessen, wie man sich anspricht, um sich zu erreichen. Doch nun erinnern sie sich wieder. Und sie erinnern sich auch daran, wie schön es war, als Prinzessin und als knallgrüne Erbse verkleidet von einem Stapel Matratzen aus auf die überschaubare Zeit hinabzublicken.

Kathy und Edward. Sie gehen beide einen Schritt aufeinander zu, um gemeinsam von diesem Standpunkt aus einen neuen Weg zu finden.

Ihre Hände tasten nacheinander.

Ihre Hände finden sich.

So wunderschön.

Die Zeit.

Ja sie bekommen gar nicht mit.

Wie die Decke über ihnen einstürzt und das *Off Road* in einer Wolke aus Staub und Gebäudeteilen für immer seine Tore schließt.

Und alle anwesenden Nachtschwärmer.

Mit sich ins Ende zieht.

26

Isabella May, das schönste Mädchen in der Stadt am Waldrand, das sanftmütigste Lächeln, die ehrlichsten Augen. Sie hat ein ungeschlagenes Herz, stark und anmutig im Auftakt. Sie ist das Dasein, das alle berührt, obwohl niemand sie zu berühren vermag.

Unantastbarkeit ist ihr Geheimnis.

Ein Versprechen an sich.

Zu überleben.

Und wie sie lebt, dieses atemberaubende Mädchen, mit ihren goldbraunen Herbstaugen und den glühenden Sommersprossen auf ihrer puderweißen Winterhaut. Wie sich ihre gebrochenen Knochen verstecken, unter ihrer vernarbten Hülle. Wie sie lächelt, in den kaputten Nächten. Wie sie ihn betritt, den Zeitsprung der Vergangenheit, in dem sie sich wieder und wieder verliert.

Aber Isabella hat keine Angst mehr.

Nicht vor den Nächten.

Nicht vor den Tagen.

Denn sie weiß: Alles hier.

Ist endlich.

Isabella May, sechsundzwanzig Jahre alt, seit zwei Jahren verheiratet, seit zwei Jahren geborgen – aus dem Geröll und den Trümmern ihrer Vergangenheit. Ihr Mann kennt jeden Teil ihrer Geschichte, auch wenn die Teilung eines Menschen im Innersten, verursacht durch fremde Gewalt, niemals wirklich nachzuvollziehen ist, für diejenigen, die Zärtlichkeit verwalten. Er arbeitet als Arzt auf der Intensivstation, aber egal wie anstrengend seine Tage sind, egal wie oft er nachts ins Krankenhaus gerufen wird – die Geduld, mit der er Isabella entgegentritt, ist beständig. Keine Geste von ihr, die er übersieht, kein Schweigen, das er überhört, kein Atemzug, den er nicht wiedererkennt.

Es gibt Tage, da vergisst Isabella, warum sie bei ihm ist. Ja. Es gibt Morgen, da wacht sie auf, betrachtet den Mann an ihrer Seite, und fragt sich, warum sie nicht davonrennt, so wie sie es in all den Jahren zuvor getan hat. Ihre Gedanken kreisen sich gegenseitig ein, bis sie sich überrunden; aber eine Antwort auf die Stille findet sie nicht. Doch dann, irgendwann, aus dem Nichts heraus, ergibt sich ein Gefühl.

Und schließlich ist es okay.

Zu bleiben.

Isabella May. Sie ist so sanftmütig wie Schneegestöber, so verspielt wie Herbstblattgefälle, so einzigartig wie Eiskristallsterne, so unbeirrt wie die Zeit und ihre Wege.

Isabella May. Sie hat sie alle gesehen, die bunten und die grauen Stunden. Sie hat sie alle erkannt, die nackten und die bedeckten Fehler.

Sie war immer dabei.

Raum für Raum. Gebend.

Mittendrin im Zusammenhang.

Und sie wusste von Anfang an: In jedem noch so schönen Augenblick, in jedem glasklaren Moment, liegt irgendwo ein nebelbleiches Rauschen verborgen. Man muss es nicht hören, um zu begreifen, dass hinter jeder Geschichte eine Geschichte steckt. Man muss es nicht in eine wortgewandte Sprache übersetzen, um zu verstehen, dass ein Anfang nicht endet, nur weil er dem Ende entgegengeht. Da wird trotzdem immer die Zeit sein. Die uns alle, alle bindet.

An ein Gehirn, das sich erinnert.

Und atmet. Und flüstert.

Und schmerzt.

Isabella May. Sie ist Schauspielerin – schon ein ganzes Leben lang. Als Kind hat sie so getan, als wäre sie unendlich, dabei war sie längst tot. Sie hat gelacht über jeden Witz. Sie ist gestolpert über jede Intention. Sie hat sich gefragt, warum es keinen Zusammenhang gibt, zwischen ihr und ihrem Befinden.

Sie konnte ihn sehen, den Zwiespalt der Zeit. Sie hat ihn lautlos angestarrt, den Verfall ihrer Wahrnehmung. Sie hat sich begrenzt, in diesem schwarzen Loch ihrer Gedanken. Und die Stille. Sie war so laut, dass sie angefangen hat zu schreien.

Aber was ist eine Stimme, ohne ein Wort?

Schweigen. So nackt wie ein Mädchen.

Im Regen.

Isabella May. Sie wird niemals aufhören zu atmen, denn sie hat gelernt, auch unter Wasser zu bestehen. Sie kann tauchen und schwimmen, als gäbe es keine Tiefen, die sie nicht kennt, als gäbe es keine

Wellen, die an Klippen zerbrechen und sich im Sand verlieren.

Sie kennt die Oberfläche von allen Seiten.

Sie hat auf den größten Bühnen der Stadt am Waldrand gestanden und ganz nebenbei die erfolgreichsten Filme der Zeit gedreht. Sie weiß genau, wie man einen Charakter zum Leben erweckt, denn ihr eigener ist stark genug, um mutiger zu sein als die Angst vor der Schwäche.

Isabella May. Sie gibt jeden Tag Autogramme, obwohl sie hin und wieder ihren Namen vergisst. Sie lächelt in jede Kamera, dabei würde sie niemals eine Zeitschrift mit ihrem Foto darin in den Händen halten. Sie hat alle wichtigen Filmpreise gewonnen und unzählige Auszeichnungen entgegengenommen. Sie hat alles erreicht, wovon andere träumen.

Aber ihre eigenen Träume?

Sind leer.

Isabella May. Bis zu ihrem letzten Tag wird sie wissen, wie nachtragend Luft schmeckt; sie wird immer fühlen, welcher Windzug gerade in ihrem Nacken spielt. Denn sie kennt die Regeln des Lebens und die des Todes. Sie weiß, wie groß der Schmerz ist, der einen Menschen verschluckt. Sie weiß, wie beharrlich er auf jedem einzelnen Knochen kaut.

Bis ihm schlecht wird.

Vor Hunger.

Aber sie kennt auch das Glück. Und sie weiß: Schönheit ist ein Augenblick, der unsichtbar den Raum betritt. Ja. Sie kennt das leise Tapsen, die winzigen Fußstapfen, die tastenden Zehen.

Und sie weiß: Das ist der Widerstand.

Der uns zurückverwandelt.
Von einem Gegenstand.
In einen Menschen.

Isabella May. Ihr Vater sitzt seit zwei Jahren im Gefängnis, weil er den Unterschied zwischen einem Kind und einer Sexpuppe nicht verstanden hat. In drei Jahren wird er wegen guter Führung frühzeitig entlassen werden, und die Stadt am Waldrand verlassen, um an einen anderen Ort zu ziehen.

Er wird nie wieder zurückkehren.

Er wird eine neue Frau finden und heiraten.

Er wird eine Tochter bekommen.

Isabella. Wird sie heißen.

Ja. Die Zeit. Sie flüstert uns zu. Bis wir begreifen, was wir nicht verstehen können. Und dann? Dann wissen wir auf einmal, dass wir unseren Verstand bestätigen, mit jedem Wissen, zu dem wir uns bekennen.

Isabella May. Das stärkste Mädchen in der Stadt am Waldrand, die beste Freundin von Alice Clay. Sie hat den Ausdruck gefunden, der ihren Schmerz in Schönheit verwandelt, sie hat aufgehört, die roten Narben auf ihrem Arm mit Make-up zu bedecken.

Sie kennt ihre Fehler.

Sie kennt ihre Schwächen.

Sie kennt ihren einstweiligen Verlauf.

Und sie wird sich für immer erinnern. An ihren Vater. Egal wie sehr er sie vergessen hat. Sie wird niemals wissen, wie es hätte sein können, wenn alles anders gewesen wäre. Sie wird niemals hinterfragen, warum ein Raum seine Farben verliert, sobald er mit

Dunkelheit beleuchtet wird. Sie wird niemals erklären können, wie es sich anfühlt, im hintersten Blickwinkel einer unsichtbaren Verfassung.

Gefangen zu sein.

Isabella May. Sie ist gestorben.

Acht Jahre lang – immer wieder.

Aber heute.

Ist sie.

Hier.

27

Mike King steht im Proberaum der *Rejected by choice* und starrt das Mikrofon vor seiner Nase an, als hätte er keine Ahnung, wozu diese Gerätschaft dient. Am Schlagzeug sitzt Doyle, am Keyboard steht Levin, und mit seiner knallroten Gitarre in der Hand lungert Flow irgendwo dazwischen herum. Keiner sagt ein Wort. So still war es noch nie in diesem Raum. Denn hier entsteht schon seit Jahren der Soundtrack der Stadt am Waldrand, hier haben die *Rejected by choice* all ihre Songs einstudiert und fünf Nummer-eins-Hits in Folge gefeiert.

Aber an diesem Tag ist niemandem zum Feiern zumute.

Und auch die Stille will keiner vertreiben.

Es ist das letzte Stück der Vergangenheit.

An das sie sich klammern.

Denn seit Lincoln Reed an seinem Herzfehler gestorben ist, haben sie keinen einzigen Auftritt mehr gehabt, sie haben alle Interviews abgesagt, alle Proben eingestellt und keinen gemeinsamen Akkord mehr gespielt. Jedes Wort, das sie miteinander gewechselt haben, klang fremd und unvollständig. Fast jeder Satz, den sie sagen wollten, wurde mittendrin unterbrochen und durch ein hässliches Schweigen übertönt.

Zwei Monate lang.

War es totenstill in diesem Raum.

Rejected by choice.
Chosen to be.
Silent.

Das hat irgendwer quer über die Tür der Bandgarage gekritzelt. Keiner weiß, wer es gewesen sein könnte. Und selbst wenn es irgendwer wüsste, dann wäre es egal. Denn jeder hätte es sein können, und jeder hätte recht damit gehabt.

Was ist Abgeschiedenheit?

Wenn man sie gemeinsam wählt.

Was ist Stille?

Wenn sie einen auserwählt.

Und was reflektiert den Raum hinter unseren Gedanken – was blendet uns aus oder ein oder verblendet unser Gewissen? Was ist Resolution ohne Definition der erstrebenswerten Ziele? Was ist das Rückgrat einer verbogenen Handlung? Was ist Leben, frei von Tod? Was ist Tod – hier und jetzt und irgendwann später?

Keiner weiß eine Antwort.

Alle stehen nur stumm da.

Im Gedenken an Lincoln.

Schließlich tritt Mike einen Schritt auf das Mikrofon zu. Bisher war er die zweite Stimme, aber jetzt wird er den Hauptpart übernehmen. Er ist unsicher; denn er weiß zwar, dass er alle Töne trifft, aber er weiß auch, dass niemand auf der Welt so geradlinig in die Herzen der Menschen trifft wie seinerzeit Lincoln – der Junge mit den Stimmbändern, die alles zusammenhielten.

Mike schluckt einmal.

Hinter ihm stolpert Flow über ein Kabel.

Doyle trommelt unruhig mit einem Finger in der Luft herum.

Levin starrt durch die Wand hindurch bis in die weiten Wälder.

So kann es nicht weitergehen.

So wird nie wieder irgendetwas gehen.

Und Mike, der Lincoln ein ganzes Leben lang gekannt hat, weiß ganz genau, dass sein bester Freund sich niemals von dem Nachhall einer einschlägigen Stille vertreiben lassen hätte. Also geht Mike einen letzten Schritt auf das Mikrofon zu, er tritt so dicht heran, dass seine Lippen nur noch einen Millimeter davon entfernt sind.

Dann schließt er seine Augen, streicht über die Saiten seiner Gitarre.

Und stimmt.

Den ersten Ton an.

Es ist der Song, den Lincoln mit sechzehn geschrieben hat, damals, kurz bevor sie ihre erste Platte herausgebracht hatten. Es ist der Abschiedssong, den Lincoln Mike anvertraut hat, damals, als er erfahren hat, dass seine Zeit einem naheliegenden Grenzwert entgegensteuert.

Es ist der Song.

Der eine Woche später veröffentlicht wird.

Und ein Jahr lang die Spitze der Charts anführt.

»Rest in pieces«

Death comes knocking, from time to time.
So we all keep running, from life to life.
But there in the shadows, death catches a boy
For all he knows – that is the end.
Life is something we all have for rent.

But as he struggles to resist to rest in pieces.
He replaces his voice, with a stronger one.
He repaves his heart from what he has done.

So what does he do, when he is not ready to rest?
I guess he will just do his best.
So what does he say, to resist his fear?
It's everything you told him, dear.
And what does he do, with his restless soul?
He pulls it out and swallows it whole.

I guess he will fight to reset the time.
To not regret and say: I am fine.
I guess he will smile and laugh and cry.
And then he will finally.
Be. Ready to die.

Draußen im Flur vor dem Proberaum sitzt ein wunderschönes Mädchen mit goldbraunem Haar und blauen Augen. Man sieht ihr an, dass sie einmal eines der erfolgreichsten Models der Welt gewesen ist.

Und man sieht die Gezeiten.

Die sich in ihren Gedanken spiegeln.

Wider dem Ende. Und wieder.

Und wieder.

Serena White. Sie lauscht dem letzten Lied von Lincoln Reed, den letzten Worten seiner Zeit, den letzten Geständnissen an den einfordernden Tod und das nachsichtige Leben.

Sie lächelt und lacht und weint.

Sie erinnert sich an die Gegenwart.

Und sie weiß: Es gibt ein Glück, das niemand zu benennen vermag, es gibt Augenblicke, die alles andere überblenden, es gibt Schönheiten, die man kaum begreifen kann.

Und es gibt Abschiede.

Die man niemals.

Vergisst.

28

Shay Evans. Zweiundzwanzig Jahre alt. Sie liegt zwischen Brian Winter und Brandon West auf dem Wohnzimmerfußboden ihrer Wohnung und blickt durch das geöffnete Fenster hinaus in die Nacht. Ein kühler Wind streicht über ihren nackten Körper, aber sie friert nicht, denn Brians warme Hand ruht auf ihrer Taille, und Brandon hat seinen Arm um sie gelegt.

So liegen sie da.

Die drei Menschen der Stadt am Waldrand.

Die sich am nächsten sind.

Shay Evans, Brian Winter und Brandon West. Seit zwei Jahren leben sie zusammen in einer Dachgeschosswohnung direkt am Schlosspark und genießen die Stille, die Aussicht und das Gefühl, zu Hause zu sein.

Shay erinnert sich noch genau an den Augenblick, in dem sie Brian und Brandon zum ersten Mal gesehen hat, damals, im *Off Road.* Es war Hochsommer gewesen, sie hatte ein kurzes violettes Kleid an und war todmüde, weil sie die ganze Woche lang unermüdlich für ihr Philosophiestudium gelernt hatte. Trotzdem wollte sie noch kurz im *Off Road* vorbeischauen, um ihrem Bruder Rain zum Geburtstag zu gratulieren. Aber Rain stand natürlich wie immer an der Bar und war gerade dabei, einen seinen berüchtigten Cocktails zu schütteln, als Shay vor ihm auftauchte, um ihm sein Geschenk in die Hand zu drücken. Rain hatte fröhlich gelächelt und war kurz darauf hinter dem Tresen hervorgekommen, um Shay zu umarmen, dann hat er auf seine Freundin July gedeutet, die auf der Tanzfläche direkt unter der Discokugel stand, und über den Lärm hinweg hatte er Shay zugerufen, dass er in einer halben Stunde Feierabend hätte und sie dann doch zu dritt essen gehen könnten. Shay hatte zustimmend genickt, und Rain war zurück hinter die Bar verschwunden, um weiter seine Cocktails zu mixen.

Und dann.

In dem Moment.

In dem Shay sich umgedreht hatte, um zu July auf die Tanzfläche zu gehen, hat sie auf einmal Brian und Brandon gesehen. Die beiden standen nur wenige Meter von ihr entfernt an der Längsseite der Bar und blickten genau in der Sekunde von ihren Drinks auf, als Shay sie entdeckte.

Und dann.

Für einen unendlichen Augenblick.

Schien die Zeit sich zurückzuziehen.

Erst Schritt für Schritt, dann immer schneller. Bis nichts mehr übrig war. Abgesehen von der Ewigkeit.

Shay Evans. Zwei winzige Muttermale auf den Wangenknochen, dunkelbraune Haare und purpurfarbene Lippen. Sie ist das einzige Mädchen in der Stadt am Waldrand, das zwei Männer an ihrer Seite hat.

Brandon West und Brian Winter. Der eine ist vierundzwanzig Jahre alt, der andere fünfundzwanzig. Sie sind Freunde, seit sie sich in der siebten Klasse Rückendeckung gegeben haben, um die Exkursion ins Steinzeitmuseum zu umgehen. Mittlerweile studieren sie an derselben Universität; Brandon Literatur und Brian Kunstwissenschaften. Sie spielen gerne Squash und Volleyball, sie mögen Bitter Lemon und Erdnussbutter, sie hören *Linkin Park* und *Rejected by choice*. Und in all den Jahren, in denen sie sich nun schon kennen, ist ihre Freundschaft beständig gewachsen.

In die Höhe, in die Weite.

In die unendliche Tiefe.

Durch jeden Augenblick.

Und durch die Zeit.

Brandon West und Brian Winter. Sie wissen beide ganz genau, dass sie sich für immer aufeinander verlassen können. Sie haben keine Geheimnisse voreinander, sie belügen sich nicht, sie verstehen sich ohne große Worte. Sie teilen sich ihr Wissen, genau wie ihren Verstand und ihre Verständlichkeit. Sie sind freigiebig, hilfsbereit und achtsam, sie würden niemals etwas tun, was einen anderen Menschen verletzt.

Und seit dem Augenblick.

In dem sie Shay getroffen haben.

Lieben sie.

Ein und dasselbe Mädchen.

Shay Evans. Gewittergrüne Augen, lange schwarze Wimpern, zierliche Hände und ein wunderschönes Herz. Sie lauscht Brians ruhigem Atem, sie streicht über das Schattenspiel, das der weiße Mond auf Brandons Bauchmuskeln wirft, und fragt sich, woran die beiden wohl gerade denken, und ob sie auch manchmal Angst haben.

Vor der Zeit.

Nach dieser Zeit.

Weil alles, alles enden muss. Eines Tages, eines Jahres, eines Lebens Ende hin. Denn auch der Tod gehört zum Leben. Und egal wie lange er auf sich warten lässt, egal wie oft er einen Aufschub gewährt, egal wie leise er im Hintergrund verharrt, wie unscheinbar er sich verhält.

Irgendwann.

Kommt er doch.

Brandon West und Brian Winter. Sie liegen gedankenverloren neben Shay und blicken ebenfalls hinaus in die Nacht. Sie erinnern sich gerade an den Moment, damals, im *Off Road,* als alles begonnen hat.

Was für ein Schicksal.

Was für ein Zufall.

Was für ein Glück.

Was für eine Zeit.

Denn eigentlich waren sie an diesem Abend beide zu müde gewesen, um noch wegzugehen, aber Brandon hatte sich gerade von seiner Freundin getrennt und brauchte Ablenkung, und Brian wollte nicht nach Hause gehen, weil sein Vater ein paar Autoren und Journalisten zum Abendessen eingeladen hatte. So waren sie also nach einigem Hin und Her im *Off Road* gelandet, und standen mehr oder weniger lustlos an der Bar herum, als ihre Blicke auf einmal an Shay hängenblieben.

Einen Moment lang waren sie atemlos.
Einen weiteren Moment lang zeitlos.
Und kurz darauf, als sie ihre Augen wieder einander zuwandten, da wussten sie, dass sie sich verliebt hatten.
Beide. An diesem einen Abend.
In dieses eine Mädchen.

Shay Evans. Tochter von wunderbaren Eltern, die am Anfang zwar etwas unsicher waren, als Shay verkündete, dass sie mit Brian und Brandon zusammenleben wolle. Aber mittlerweile haben sie sich daran gewöhnt, dass Shay am Wochenende zwei Freunde mit zum Familienabendessen bringt, und dass sie Hand in Hand mit beiden läuft.
Ohne eine davon fester zu halten.
Als die andere.
Brian Winter. Ältester Sohn von Hans und Elisa Winter. Er hat das Glück, in eine ebenso liebevolle Familie wie die von Shay geboren zu sein. Seine Eltern haben ihn niemals gefragt, ob er sich sicher sei, mit seiner Beziehung zu Shay und Brian, sie haben niemals an einer seiner Entscheidungen gezweifelt, denn sie vertrauen nicht nur seinem Verstand, sondern auch seinem Herzen. Sie sind sich nah, obwohl er schon mit achtzehn von zu Hause weggezogen ist und nur selten zu Besuch kommt. Aber Brians Mutter hat ihm als Kind so viele Märchen erzählt, dass er noch heute das Gefühl hat, unzählige Abenteuer mit ihr erlebt zu haben; und sein Vater schenkt ihm jedes Mal, wenn er im Verlag vorbeikommt, ein Buch, das ihm etwas bedeutet.
Brandon West. Er ist in einer Villa am Fluss aufge-

wachsen und hat seine Kindheit damit verbracht, am Ufer zu stehen und Fische zu angeln, nur um sie anschließend wieder freizulassen. Er hat einen kleinen Bruder, den er hin und wieder im Schlosspark trifft, einen noch kleineren Halbbruder, von dem er schon seit einer Ewigkeit nichts mehr gehört hat, und eine müde Mutter.

Einen Vater hat er nicht.

Denn sein Vater.

Ist Gavin West.

Shay Evans. Das geborgenste Mädchen in der Stadt am Waldrand. Sie hat vor Brian und Brandon nur einen einzigen Freund gehabt, mit dem sie drei Jahre lang zusammen gewesen ist. Ja. Ihr gesamtes Leben war ruhig und überschaubar – keine Extreme, kein unbegreifliches Hoch, kein unergründliches Tief. Doch dann kam der Augenblick, in dem sie Brian und Brandon begegnet ist. Und nun liegt sie dort, auf dem Wohnzimmerfußboden, in einem Wirrwarr aus Laken, Decken und Kissen; zwischen den beiden Männern, die sie liebt.

Monogamie. Zu dritt.

So vertraut.

Als wären sie eins.

Shay, Brandon und Brian – jeder von ihnen hat ein eigenes Zimmer in der großen Wohnung. Aber meistens schlafen sie alle zusammen auf Shays riesigem Wasserbett. Und wenn es heiß ist, so wie an diesem Abend, dann werfen sie ihre gesamte Bettwäsche auf den weichen Teppich im Wohnzimmer, reißen alle Fenster auf und lassen den durchziehenden Wind über ihre nackten Körper streichen.

Sie berühren sich, sie halten sich.
Und sie haben den schönsten Sex.
In der Stadt am Waldrand.

Aber manchmal. Ja manchmal.

Und immer wieder.

Fragen Shays Freundinnen: »Wenn du dich entscheiden müsstest, zwischen Brandon und Brian, wen würdest du auswählen?«

Shay gibt niemals eine Antwort.

Auf diese berechenbare Frage.

Denn Shay liebt Brandon.

Und Shay liebt Brian.

Uneingeschränkt.

Und das Ende dieser Geschichte? Es ist genau so, wie es sein sollte. Denn es gibt Tage, da ist Brian Winter still und traurig, weil er weiß, dass das Mädchen, das er mehr liebt als alles andere auf der Welt, niemals nur sein Mädchen sein wird.

Aber dann kommt wieder die Zeit.

In der Brian weiß.

Dass er sein größtes Glück mit seinem besten Freund teilt. Und dass Liebe wächst, wann immer man ihr aufrichtiges Vertrauen und Freiheit schenkt.

Es gibt auch Tage, da ist Brandon West still und einsam, weil er weiß, dass das Mädchen, das er mehr liebt als alles andere auf der Welt, niemals nur sein Mädchen sein wird.

Aber dann kommt wieder die Zeit.

In der Brandon weiß.

Dass er sein größtes Versprechen mit seinem besten Freund gemeinsam hält. Und dass Liebe niemals kleiner wird, wenn man sie mit den richtigen Menschen teilt.

Ja. Es gibt diese Tage, da ist auch Shay Evans still und nachdenklich, weil sie weiß, dass die beiden Männer, die sie mehr liebt als alles andere auf der Welt, sie für immer teilen müssen; und weil sie weiß, dass das nicht immer einfach sein wird – weder für Brian noch für Brandon.

Noch für sie selbst.

Aber dann kommt wieder die Zeit.

Von der Shay weiß.

Dass sie ihnen gehört.

Und die Zeit. Die wunderschöne Zeit. Sie wird Shay Evans, Brandon West und Brian Winter gemeinsam durch dieses Leben bringen. Sie werden an sich wachsen, sie werden miteinander heranwachsen und eines Tages erwachsen voreinander stehen.

Und dann. Irgendwann. In nicht allzu weiter Ferne.

Wird Shay zwei Töchter bekommen.

Eine von Brandon.

Und eine von Brian.

29

Ein Tag. Schon längst vergangen. Jason Parker, fünf Jahre alt. Er sitzt auf dem Fußboden in seinem Kinderzimmer mit den regenbogenbunten Wänden und spielt mit seiner Burg. Die schwarzen Ritter stehen rechts von der Zugbrücke, die grauen Ritter links. Auf jedem der vier Burgtürme weht eine andere Fahne. Die eine ist rot wie Tomatensaft, die andere schwarz-weiß gestreift wie ein Zebra, die nächste gelb wie die lachende Sommersonne und die letzte dunkelblau wie überreife Waldblaubeeren.

Jason spielt gerne mit seiner Burg. Er mag es, die Reiter über den Innenhof traben zu lassen und die Kanonen auf der südlichen Mauer abzufeuern. Er hat jedem einzelnen Ritter einen Namen gegeben, obwohl es viel mehr sind, als er schon zählen kann. Und manche sehen sogar gleich aus. Aber Jason tut so, als könnte er sie trotzdem unterscheiden, und bisher hat ihn noch keiner durchschaut. Oder zumindest haben alle seine Spielkameraden einfach mitgespielt, und die Erwachsenen haben augenzwinkernd gelächelt und ihn in dem Glauben gelassen.

Das ist gut so. Denn Jason hat wie die meisten Kinder eine Bindung zu seinen Phantasien, die ihn sehr glücklich macht. Aber mit der Zeit wird dieses verschlungene Band immer dünner und dünner werden, bis es eines Tages fast gänzlich verschwindet. So ist es immer – das ist eines der ungeschriebenen Gesetze der Menschheit, und alle halten sich daran. Keiner weiß so genau, woran das liegt. Aber viele glauben, dass es so ist, weil es auf der realen Welt nicht allzu viel Platz für die geheimnisvollen Abenteuer der überschäumenden Gedankenwelt gibt. Als Erwachsener ist man sowieso meistens zu sehr damit beschäftigt, arbeiten zu gehen, Arbeiten auszuführen, von der Arbeit nach Hause zu gehen, sich von der Arbeit zu erholen, sich auf die Arbeit vorzubereiten, nachzuarbeiten, vorzuarbeiten, weiterzuarbeiten, und nicht zuletzt der Arbeit aus dem Weg zu gehen. Da bleibt keine Zeit für Ritterburgen.

Jason weiß das alles noch nicht, dafür ist er zu klein, aber trotzdem hat er eine ungefähre Vorahnung von der Problematik des Erwachsenseins. Das liegt daran, dass er mit zwei erwachsenen Exemplaren der menschlichen Spezies zusammen unter einem Dach lebt: seiner Mutter und seinem Vater. Die sind zwar beide sehr freundlich und umgänglich und sogar hin und wieder darum bemüht, ihm neue Ritter für seine Burg mitzubringen, aber manchmal sind sie auch etwas komisch. Das äußert sich zum Beispiel darin, dass Jasons Vater gerne seufzend von der Arbeit nach Hause kommt und zu seinem Sohn sagt: »Was für ein Tag! Wir haben Gavin Geldhai West für ein dreißigminütiges Finanzspecial gewonnen und auch gleich noch einen Exklusivbericht über den neuen Film mit Isabella May klargemacht! Und das alles ohne irgendwen zu bestechen! Na ja, fast. Davor haben wir mit Amerika verhandelt, wegen der Auslandsrechte von diesem neuen Projekt, dann haben wir mit Frankreich gestritten und mit Belgien. Und dann hat auch noch Spanien angerufen! Ich bin fix und fertig und urlaubsreif! Also, was auch immer du tust, Sohn, begib dich später niemals in die Medienbranche! Das ist ein Kampf zwischen hinterhältigen Gladiatoren. Dort wird keine Flagge unbeschmiert gelassen, irgendwo ist immer noch etwas Platz für Werbung oder den neuesten Slogan der käuflichen Zeit. Hast du das verstanden, mein Kleiner? Werde du mal lieber Burgherr oder Ritter, auf jeden Fall irgendetwas Ehrwürdiges – nicht so ein würdeloser Prominentenhinterherrenner wie ich. So! Genug von der Arbeit! Also: Ich gucke jetzt noch schnell die Nachrichten, dann gucke ich noch kurz meine Frau an. Und dann gehe ich schlafen.«

Das sind so Sätze, die Jasons Vater manchmal nach der Arbeit sagt, und weil Jason ein kleiner Junge mit einem großen Bedarf an Plastikrittern ist, kann er beim besten Willen nicht verstehen, warum sein Vater jeden Tag, abgesehen vom Sonntag, in sein Büro hetzt, als ginge es darum, die Welt vor einer Katastrophe zu retten. Jason kann nicht begreifen, warum sein Vater immer mindestens ein Handy dabeihaben muss und ein Aufladegerät und einen dicken Terminplaner und das iPad und seinen Aktenkoffer. Denn es ist doch offensichtlich, dass sein Vater seinen Job eigentlich gar nicht so richtig mag. Er würde ganz bestimmt viel lieber mehr Zeit haben, um Jasons Mama anzugucken, die wirklich eine sehr hübsche Frau ist, mit langen Haaren und langen Beinen und langen Nervensträngen, die ihre grenzenlose Geduld ganz fest umschlungen halten.

Jason hat seinen Vater schon einige Male gefragt, warum er sich nicht einfach einen weniger doofen Job aussuchen kann, zum Beispiel Feuerwehrmann oder Bauarbeiter oder Zahnersatzteilhersteller, so wie die Väter von seinen Freunden aus dem Kindergarten. Aber Jasons Vater hat daraufhin immer nur seufzend geantwortet: »Das erkläre ich dir, wenn du etwas älter bist. Das verstehst du jetzt noch nicht.«

Aber das ist genau die Art von Sätzen, mit denen Kinder rein gar nichts anfangen können. Und deshalb konzentriert sich Jason mittlerweile darauf, schleunigst etwas älter zu werden, damit all seine dringenden Fragen eine bessere Antwort bekommen können.

Während Jason auf dem Fußboden seines Kinderzimmers sitzt, summt er leise vor sich hin und überlegt sich all die Sachen, die er heute noch machen könnte. Es ist ein guter Tag. Denn seine Mutter hat Urlaub, und sie hat ihm versprochen, dass sie jetzt zwei Wochen lang ganz viele unglaubliche Abenteuer mit ihm erleben wird. Nur sie beide gemeinsam – verschworen bis aufs Blut und geheimnisvoll vom Tagesanbruch bis zum Heraufdämmern der schaurigen Dunkelheit. Genauso hat Jasons Mutter es gesagt, denn sie sagt gerne spannende Märchensätze zu ihm. Als hätte sie ein Buch verschluckt. So hat es jedenfalls Jasons Vater einmal kopfschüttelnd ausgedrückt. Aber Jason ist sich ziemlich sicher, das sein Vater das nur gesagt hat, weil er selbst überhaupt keine märchenhaften Sätze formen kann. Er kann nur Headlines entwerfen und Sätze mit vielen Ausrufezeichen, die man anschließend in die Zeitungen mit den vielen

Bildern drucken kann. Aber Jasons Mutter kann aus Worten richtige Bilder machen; sie erzählt ihm von Zauberlöwen und fliegenden Schreibtischen, sie berichtet von dem Geschmack blauer Erdbeeren und der Aussicht von grün-gelb gepunkteten Häusern ohne Dächer.

Jason findet das toll. Er würde seine Mutter für nichts in der Welt eintauschen, so wie es die erwachsenen Männer manchmal im Fernsehen machen. Die tauschen ihre Frauen einfach weg und haben dann zwei Wochen lang eine andere Frau im Haus. Diese fremde Frau ist dann meistens für irgendein armes Kind die neue Mama, und erst wenn wieder zurückgetauscht wird, bekommt das Kind seine richtige Mama wieder. Und diese Mama hat dann wegen der zwei ausgetauschten Wochen mit großer Wahrscheinlichkeit ein schlimmes Trauma, und das führt zu einem Ehekrach und anschließend zu einem Scheidungskrieg und von da aus weiter zu vielen anderen Formalitäten. Das weiß Jason, weil sein bester Freund Felix und er manchmal heimlich Erwachsenen-Fernsehen schauen und dabei über die vielen Dummheiten der Großen lachen. Aber sie tun das nicht allzu oft, denn Felix ist ein schüchterner und gut erzogener Junge, der seine Eltern sehr liebt. Außerdem weiß er, dass seine Eltern einmal eine Tochter hatten, die sie sehr vermissen. Er weiß sogar, dass seine Mutter früher jeden Tag an dem rauschenden Fluss in der Nähe vom Schlosspark stand.

Nur um hinabzusehen.

In die Tiefe.

Und auch Jason ist ein gut erzogener Junge, der jedes Mal ein furchtbar schlechtes Gewissen bekommt, wenn er etwas tut, das seine Eltern ihm verboten haben. Sein Vater kommt zwar selten dazu, weil er so viel arbeiten muss, aber seine Mutter hat ihm verboten, zu Fremden ins Auto zu steigen, Fremde ins Haus zu lassen, mit Fremden mitzugehen, Fremde im Fernseher zu beobachten, und Fremde mit Gummidrops zu bewerfen, so wie er es einmal mit Felix gemacht hat, als sie sich so lustig und voller Übermut gefühlt hatten, dass sie gar nicht anders konnten.

Aber Jasons Mutter hat die Moralpredigt über die »Fremden« nicht in einem ermahnenden Ton gesagt, im Gegenteil: Sie hat sich hingekniet, um in Augenhöhe mit Jason zu sein, und dann hat sie ihm mit ihrer sanften Stimme erklärt, warum es für sie so wichtig sei, dass er sich an diese Regeln hält. Und weil Jason verstanden hat, wie sehr seine Mutter ihn liebt, und dass sie deshalb nicht will, dass er von einem Fremden weggeschnappt wird oder zu viel dumme Erwachsene im Fernsehen anguckt, so dass er selbst ganz dumm wird – deshalb hat Jason sich immer darum bemüht, auf sie zu hören.

Außerdem haben seine Mutter und er sich darauf geeinigt, dass Ernie und Bert und Sponge Bob und Mr. Krabs und Patrick und das A-Team keine Fremden sind.

Jason lächelt bei dem Gedanken an seine Mutter. Er freut sich auf den Geruch ihres Parfüms, wenn sie ihn hochhebt und er seinen Kopf in ihren Haaren vergraben kann. Er freut sich auf das Geräusch des Schlüssels, wenn sie die Wohnungstür aufschließen wird. Er freut sich auf ihre Stimme, wenn sie bald ruft: »Jason, mein Schatz, ich bin wieder da! Was für ein Abenteuer wollen wir heute jagen?«

Ja, Jason freut sich so sehr auf diesen Moment, dass er vor Aufregung ein paar Ritter umstößt. Aber das ist nicht so schlimm. Er stellt sie einfach wieder auf und holt anschließend die Pferde aus der Spielkiste, um sie für die wartenden Ritter zu satteln. Auf seinem kleinen Gesicht ruht ein Glanz, wie ihn nur Kinderseelen widerspiegeln können. Seine kurzen braunen Haare stehen fröhlich in alle Himmelsrichtungen ab, unter seinen Fingernägeln kleben Erde und ein bisschen Sand vom Spielplatz. Er war am Morgen mit seiner Oma und Felix im Park. Nur für eine halbe Stunde, weil die Oma schon sehr alt und gebrechlich ist. Aber es war eine schöne halbe Stunde. So schön, dass sie so schnell vergangen ist wie vier oder fünf Minuten, aber sie hat sich trotzdem angefühlt wie hunderttausend Zauberjahre.

Jason Parker, fünf Jahre alt, der Junge mit den höchsten Burgtürmen und den meisten Rittern in der Stadt am Waldrand. Seine Mutter wird heute nicht vom Einkaufen zurückkommen.

Denn sie trägt ein weißes Kleid.

Und weiße Schuhe.

Und einen Korb.

Mit Gemüse und Obst.

Vom Markt.

30

Jack Hunt liegt schon wieder im Bordell. Doch da Mimi schon seit einer Ewigkeit verschwunden ist, hat er sich ein anderes Mädchen gebucht. Dieses Mädchen sieht Mimi ähnlich, spricht aber kein Wort Deutsch und versteht höchstens ein Viertel von der Hälfte der Dinge, die Jack sagt, weil er nicht alles sagen kann. Aber das stört Jack Hunt nicht wirklich, denn er hat sowieso keine Lust mehr, sich zu unterhalten. Seine Gehirnzellen sind mittlerweile derart überreizt, dass es ihn nicht einmal wundern würde, wenn sein komplettes Sprachzentrum sich in den nächsten Tagen von selbst abschaltet, um zumindest einen Teil seiner Synapsen vor dem drohenden Totalschaden zu retten.

Ja. Alles, womit sich Jack Hunt noch beschäftigt, sind die verschwundenen Frauen. Sein Kopf tut weh, wenn er morgens aufwacht, und er schmerzt, wenn er am Abend schlafen geht. Er isst kaum noch, er schläft kaum noch, er kennt sämtliche Akten in seinem Keller längst auswendig, und doch macht er keinen nennenswerten Schritt voran. Hinzu kommt auch, dass das einzige Mädchen, das bisher wieder aufgetaucht ist, psychisch so geschädigt war, dass man keine vernünftige Unterhaltung mit ihr führen konnte, ohne sie vorher an einen Stuhl zu ketten, um zu verhindern, dass sie mitten während des Gespräches auf die Idee kam, aus dem Fenster zu springen. Es ist überhaupt ein Wunder, dass sie noch am Leben war, als sie gefunden wurde. Denn als die beiden Passanten die Polizei alarmierten, weil sie ein verstörtes Mädchen am Waldrand gefunden hatten, war das besagte Mädchen gerade dabei, sich die Pulsadern mit einer Glasscherbe aufzuschlitzen. Nachdem sie dann endlich aus einem tagelangen Koma erwacht war, hatte Jack Hunt alles getan, um sie zum Sprechen zu bringen; aber ihre Aussage hatte ihn nicht im Geringsten weitergebracht, denn sie wusste weder, wie sie hieß, noch, wo sie gewesen war, noch, wie ihre Entführer aussahen, und wie sie es geschafft hatte, zu entkommen, konnte sie auch nicht sagen. Das Einzige, was sie wusste, war, dass sie gezwungen wurde, kleine weiße Pillen zu schlucken, und dass sie eine Zeitlang im Keller, eine Zeitlang in einem Wohnzimmer und eine noch längere Zeit auf vielen verschiedenen Betten angekettet gewesen ist. Nach ihrer Aussage war sie aus dem Polizeirevier geflüchtet und prompt ein weiteres Mal spurlos verschwunden.

Jack Hunt verstand eine Menge.

Aber das verstand er nicht.

Und da er nicht wusste, dass das Mädchen Alice Clay hieß, und da alle Fahndungen nach ihr vergeblich blieben, ging sie schließlich als ein weiterer ungelöster Fall in seine Akte ein.

Jack Hunt seufzt und dreht sich auf die andere Seite, weg von dem nackten Mädchen, das neben ihm liegt und so aussieht, als wäre sie an jedem Ort lieber als hier neben ihm. Jack fragt sich, ob Mimi auch so unglücklich war im Bordell, und ob er sie hätte fragen sollen, ob sie mit ihm verschwinden möchte. Egal wohin. Hauptsache, weit weg von der Stadt am Waldrand, in der so schreckliche Dinge geschehen.

Aber dafür ist es nun zu spät. Und Jack Hunt zweifelt daran, dass er Mimi jemals wieder irgendetwas wird fragen können. Denn er ist Realist, und er weiß, dass verschwundene Frauen selten von alleine wieder auftauchen.

Das Mädchen neben ihm sagt etwas und reißt ihn aus seinen entführten Gedanken. Er blickt sie fragend an. Sie wiederholt ihre Frage, aber Jack Hunt versteht kein Wort. Trotzdem nickt er, da steht sie auf und verlässt das Zimmer. Kurz darauf kommt sie mit einem Glas Cola und einer Bierflasche wieder. Sie hält Jack Hunt das Bier hin. Er nimmt es entgegen und leert es mit einem Zug, obwohl er normalerweise kein Biertrinker ist. Aber es gab auch mal eine Zeit, da war Jack Hunt kein Bordellgänger.

Wie lange ist das nun schon her?

Lichtjahre. So scheint es.

Zwei Stunden später verlässt Jack Hunt das Bordell und macht sich auf den Heimweg. Unterwegs fährt er an einer Tankstelle vorbei und kauft zwei Kuscheltiere, eins für seinen Sohn und eins für seine Tochter. Der Tankwart hat schlechte Laune. Seit das *Off Road* um die Ecke nach einer Gasexplosion eingestürzt ist, sind die Abende langweilig geworden. Alle Nachtgestalten, die nicht gestorben sind, gehen in die Clubs weiter im Zentrum.

Da gibt es andere Tankstellen.

Hier kommt kaum noch jemand vorbei.

Jack Hunt verlässt die Tankstelle wieder, steigt zurück in sein Auto und fährt die letzten Meter bis nach Hause. Seine Frau telefoniert mit einer Freundin und sagt ihm nicht einmal hallo, als er die Wohnung betritt. Also geht Jack Hunt ins Badezimmer, putzt sich die Zähne, wäscht sich die Hände, und schleicht anschließend auf Zehenspitzen in die beiden Kinderzimmer, um den Plüschhasen und die Plüschfledermaus neben seinem schlafenden Nachwuchs zu plazieren.

Fünf Minuten später liegt Jack Hunt auf dem Sofa im Wohnzimmer und schaltet den Fernseher ein. Er lässt sich benebeln, von irgendeinem nervigen Moderator, der sich mit irgendeinem nervigen Schauspieler über irgendeinen nervigen Sänger lustig macht, der ein nerviges Lied über den nervigen Staat geschrieben hat und gerade ein nerviges It-Girl vögelt.

Jack Hunt wird so schlecht, dass er den Fernseher wieder ausschaltet und seinen Kopf zur Decke dreht. Die Lampe über ihm ist gedimmt und sieht aus wie der erblasste Mond hinter einer nebligen Wolke.

Jack Hunt schließt seine Augen.

Dann öffnet er seine Augen wieder.

Das macht er eine halbe Stunde lang.

Dann schläft er endlich ein.

Am nächsten Morgen wacht er auf, und sein Kopf tut noch mehr weh als je zuvor. Einen flüchtigen Moment lang denkt er darüber nach, sich zu erschießen. Aber dann fallen ihm seine Kinder ein, und er reißt sich zusammen.

Und schließlich.

Nach all den Jahren.

Nach all den vermissten Frauen.

Wird endlich der Sommer kommen, in dem zwei kleine Kinder die Leiche eines Mädchens im Schlosspark entdecken werden. Die Polizei wird feststellen, dass sie an einer Überdosis der Vergewaltigungsdroge gestorben ist, die von den unbekannten Hintermännern des Mädchenhandel-Rings verbreitet wird. Und am Morgen des darauffolgenden Tages wird Jack Hunt einen Brief erhalten, von ebendiesem Mädchen.

Sehr geehrter Herr Hunt,
ich schreibe Ihnen diesen Brief, weil ich weiß, dass Sie seit Jahren die Ermittlungen wegen der verschwundenen Mädchen leiten, und weil ich ein Geheimnis habe, das der Schlüssel für Ihre Suche ist.
Meine Geschichte ist so umfangreich, dass sie nicht einmal annähernd in diesen Brief passt – aber das muss sie auch gar nicht. Denn es geht weder um mich noch um irgendein anderes bestimmtes Mädchen. Es geht einfach nur um diese Zeit, in der all diese schrecklichen Dinge passieren, und um die Zeit, die wir haben, um einige davon zu verhindern.
Sie wissen genauso gut wie ich: Jedes Wissen birgt eine Verantwortung, jede Handlung beschreibt ein Gewissen, und jede Wahrheit, die wir erzählen, trägt eine Geschichte, die aus einem Grund geschehen ist.
Und wenn wir erkennen wollen, welcher Teil dieser Geschichte uns gehört, wo er anfängt und wo er endet, dann müssen wir ganz genau hinse-

hen; so genau, als wäre die Zeit ein Spiegel, in den wir blicken, wann immer wir einen Zusammenhang suchen.
Das ist alles, was ich weiß – über das Leben und den Tod.
Und ich hoffe, dass Sie verstehen werden.
Warum dies der letzte Brief ist.
Den ich schreibe.
Meine Name ist Rachel Hart. Vor einigen Jahren habe ich herausgefunden, dass meine Eltern und meine beiden Brüder zu den Drahtziehern eines Mädchenhandel-Rings gehören. Eines Nachts, als ich nicht schlafen konnte, habe ich zufällig ein Gespräch mit angehört, und nachdem ich verstanden habe, was ich nicht begreifen konnte, habe ich angefangen, Beweise zu sammeln sowie Informationen und Namen über alle, die beteiligt sind.
Die Liste ist lang.
Aber noch lange nicht vollständig.
Der Schlüssel in diesem Brief gehört zu einem Bankschließfach, in dem alle Unterlagen und Tonbänder, die ich in den letzten Jahren zusammengetragen habe, versteckt sind. Sie werden dort unter anderem eine Aufzeichnung finden, die belegt, dass der amtierende Polizeichef persönlich einer der führenden Köpfe ist und die Verantwortung für den Mord an einem Journalisten trägt, der kurz davor war, alles aufzudecken. Bei dem Brand, der damals gelegt wurde, kamen der Journalist Nicolas Haven sowie seine Frau und eine seiner beiden Zwillingstöchter ums Leben.
Soweit ich weiß, ist meine Familie seit mindes-

tens drei Generationen in kriminelle Handlungen verstrickt – auch dafür werden Sie ausreichend Unterlagen in dem Schließfach finden.
Vielleicht fragen Sie sich jetzt, warum und wieso das alles passieren konnte, wie es losgegangen ist, wie es derart ausarten konnte und wie so viele Menschen so wenig sehen konnten. Ja. Da sind Ehefrauen, die keine Ahnung haben, woher ihre Männer das Geld nehmen, um ihnen jeden Tag neue Kleider und Diamanten zu kaufen. Da sind Kinder, die nicht im Geringsten ahnen, was für ein Geschäft ihre Eltern führen, und wie zerbrechlich die Ware ist, mit der sie handeln.
Und dann sind da auch noch Menschen wie ich, die Bescheid wissen, aber nicht wissen, an wen sie sich wenden können.
Mit diesem Ungewissen ihres Wissens.
Über die Gewissenlosigkeit.
Ich hoffe, Sie verzeihen mir, dass ich erst absolut sicher sein musste, dass ich Ihnen vertrauen kann, bevor ich mich mit diesem Brief an Sie wenden konnte. Und ich hoffe auch, dass Sie mir verzeihen, dass ich nicht mehr dabei bin, um auszusagen, wenn Sie all diese Geschehnisse aufdecken und vor Gericht bringen.
Aber ich habe alles getan, was ich konnte.
Und weiter kann ich nicht mehr.
Jetzt liegt es an Ihnen.
Die Tabletten, die ich geschluckt habe, sind übrigens die gleichen, die auch dafür benutzt werden, die entführten Mädchen zu betäuben. Ich nehme an, das hat keine Bedeutung für den Prozess, den Sie bald führen werden.

Aber es ist das Ende meiner Geschichte.
Und es ist die hässliche Wahrheit.
Über diese wunderschöne Stadt.

Rachel Hart

Jack Hunt wird diesen Brief zehn Minuten lang sprachlos anstarren. Dann wird er den Schlüssel aus dem Umschlag nehmen und das Gewicht dieser kaum tragbaren Last in seinen Händen halten. Einen Moment lang wird er zögern. Aber dann wird er seinen besten Freund anrufen, einen Mann, den er schon seit der Schulzeit kennt und für den er beide Hände und seinen Verstand ins Feuer legen würde. Er heißt Alan Davis und arbeitet für einen Geheimdienst, der offiziell gar nicht existiert. Die meiste Zeit über ist er im Ausland, er kommt nur ab und zu nach Hause, um seine Frau und seine Tochter Ana zu sehen, aber für seinen engsten Freund und Vertrauten Jack Hunt ist Alan Davis immer irgendwie zu erreichen.

Jack Hunt und Alan Davis. Sie werden kurz darauf das Schließfach von Rachel Hart öffnen und sich an die Durchsicht der Beweise machen. Nur wenige Tage später werden sie mit der Hilfe von Alans Team und dem Rückhalt einiger wichtiger Persönlichkeiten, denen sie vertrauen können, die mächtigsten Leute in der Stadt am Waldrand stürzen, den Mädchenhändler-Ring zerschlagen und den größten Prozess in der Geschichte der Zeit ins Rollen bringen.

Jack Hunt. Er wird einer der vielen Menschen sein, die regelmäßig an Rachel Harts Grab kommen, um des Mädchens zu gedenken, das sich gegen ihre Familie gestellt und ein Doppelleben geführt hat, um die korruptesten Menschen der Stadt am Waldrand zur Strecke zu bringen.

Jack Hunt. Er wird kurz darauf der neue Polizeichef werden, und dafür sorgen, dass die Stadt am Waldrand ein weniger gefährlicher Ort wird. Außerdem wird er die Scheidung einreichen, von seiner herzlosen Frau, an genau dem Tag, an dem seine Kinder das Haus verlassen, um ein eigenständiges Leben zu führen.

Jack Hunt und Alan Davis werden ein Leben lang Freunde bleiben. Und noch im hohen Alter werden sie sich ab und zu wiedersehen, um sich an die Zeit zu erinnern, in der sie gemeinsam einen Kampf gewonnen haben.

Gegen die grausamsten Menschen.

Der Stadt am Waldrand.

Und die vermissten Frauen und Mädchen?

Einige von ihnen werden wieder gefunden.

Und kehren zurück nach Hause.

Die meisten aber bleiben verschwunden.

So wie Mimi.

Das Mädchen.

Mit den nebelregengrauen Augen.

31

Es war einmal, vor langer, langer Zeit, da ist aus dem Nichts heraus ein Teil der realen Welt zersplittert. Die Scherben haben sich über das Meer, die Seen, die Wälder und über die Wüste verteilt. Einige sind versunken, andere sind davongetrieben, wieder andere sind vom herabfallenden Laub bedeckt worden, und die letzten der Splitter wurden schließlich vom rauhen Wüstenwind vertrieben.

Am Ende war nur noch die reale Welt übrig, mit einem großen schwarzen Loch, an der Stelle, an der die Splitter herausgefallen waren. Und genau dort, in dieser Fehlerhaftigkeit der Realität, wurde eines Tages ein kleiner König geboren. Er hatte rabenschwarzes Haar, tintenschwarze Augen und ein unsichtbares Gehirn. Er konnte mit einem Jahr aufrecht laufen und mit Messer und Gabel umgehen, er konnte mit zwei Jahren fließend sprechen und sich selbst Gute-Nacht-Geschichten erzählen. Mit drei Jahren konnte er lesen und schreiben und mathematische Formeln erklären. Mit vier Jahren wusste er, wie es um die politische Lage der größten Weltmächte stand und warum welcher Aktienkurs gerade fiel oder stieg oder unverändert die Haltung bewahrte. An seinem fünften Geburtstag schrieb er innerhalb von neun Stunden sämtliche Abiturklausuren, ohne dabei einen einzigen Fehler zu machen. An seinem sechsten Geburtstag beendete er sein Studium der Philosophie und aller Naturwissenschaften. Mit sieben Jahren umreiste er die halbe Welt. Mit acht Jahren die andere Hälfte. Aber an seinem neunten Geburtstag kehrte er schließlich zurück und stellte fest, dass er seiner Zeit um Jahre voraus war und nicht wusste, in welcher Geschwindigkeit er eine Minute betreten musste, ohne sie vor Ablauf der nächsten Sekunde schon wieder verlassen zu haben.

Der kleine König setzte sich grübelnd auf den bunten Teppich in seinem längst überflüssigen Spielzimmer und blickte gedankenversunken eine Legoeisenbahn an, mit der er sich vor vielen, vielen Jahren exakt drei Minuten lang beschäftigt hatte, bis er schließlich nahtlos zur Lektüre eines dicken Wälzers über Teilchenphysik übergegangen war. Nun standen die Waggons verloren neben einer gelben Plüschente, die er noch nie eines Blickes gewürdigt hatte, weil er ganz genau wusste, dass Enten weder gelb noch plüschig waren.

Die Eltern des kleinen Königs kamen zu ihm und sahen besorgt auf ihn herab. Eine Weile lang war es still, und nur das Schlagen der großen Kirchturmuhr war zu hören, aber dann streckte der Vater des kleinen Königs eine Hand aus, strich seinem unglücklichen Sohn über das pechschwarze Haar und sagte: »Mach dir keine Sorgen, mein Kind – du bist außerhalb der Realität geboren worden, dein Leben kann und darf nicht in den Verlauf der wirklichen Zeit gebunden sein. Du bist, wie du bist, und genauso sollst du auch sein. Kein Mensch muss schneller laufen, als seine Beine weit reichen, und genauso wenig muss ein Mensch langsamer laufen, als seine Gedanken ihn tragen. Also, vermess deine Zeit nicht an einem Kalender, den du nicht erfunden hast, berechne dein Alter nicht anhand von Jahren, denen du nicht zugehörig bist. Und wenn keiner deiner Freunde dich verstehen will, weil du anders bist, und nicht wie sie, dann suchst du dir andere Freunde, die anders sind, und nicht wie die.«

Der kleine König sah nachdenklich zu seinem weisen Vater auf. Und weil die Mutter des kleinen Königs die Unsicherheit in seinen Augen umherschwimmen sah, setzte sie sich neben ihn auf den Fußboden, schob die Legoeisenbahn und die gelbe Plüschente beiseite und sprach zu ihrem Sohn: »Du bist als König der Zeitlosigkeit auf die Welt gekommen. Für dich sind die Gesetze der Realität nur fremde Muster einer Abhängigkeit, an der du niemals hängen wirst. Deine Tage werden immer länger oder kürzer dauern als die eines jeden anderen. Dein Lächeln wird stets weiter reichen als jede Berührung, als jeder Lichtstrahl, als jeder Augenblick. Du wirst Kriege erleben und Frieden und die Zeit dazwischen. Und alles das, was du miterlebst, wird mit dir leben und mit dir sterben, an dem einen endlosen Tag, an dem du den Ort in dir findest, der nur dir ganz alleine gehört. Es werden Frühlingsblumen auf deinem Grab wachsen, du wirst das Rascheln vom Sommergras über dir wachen hören, die Herbstblätter werden dich bedecken, und im Winter dann umfängt dich die ewige Stille der Zeit. Du wirst an uns denken, mein kleiner König, ein letztes Mal. Du wirst uns vermissen, für immer und weiter bis über den Tod hinaus. Und alles, was dann noch geschieht, das kann dir niemand verraten. Niemand. Aber du allein entscheidest, woran du glaubst und wie sehr. Und ob du nun fernab der Realität geboren wurdest, in einem schwarzen Loch, das einst die Splitter der Welt vereinte, oder ob du ein Mensch bist, wie jeder andere auch, oder ob du vielleicht sogar nur ein Hirngespinst bist, von irgendwem, der dich gerade braucht – es spielt keine Rolle. Es ist einfach, wie es ist. Es ist nur dieser Moment, in dem du hier bist. Und solange du da bist, wirst du bleiben. Keine Sekunde länger. Aber auch keine weniger. Also hinterfrag niemals den Grundstein deines Daseins. Denn deine Existenz hast du längst bewiesen – sie bestätigt sich in jedem Augenblick, den du erkennst.«

Da lächelt er auf einmal.

Der kleine König.

Mit dem schwarzen Haar und den schwarzen Augen.

Er schlingt seine dünnen Arme um den Hals seiner klugen Mutter und flüstert: »Danke … danke.«

Er wispert es zweimal.

Und dann noch ein drittes Mal.

Dann steht er auf und flitzt hinüber an sein Zimmerfenster, um einen Blick in den Himmel zu werfen. Eine Wolke fliegt gerade vorbei, der kleine König stellt sich auf seine Zehenspitzen, um sie besser sehen zu können, und während er seinen Kopf etwas neigt, bemerkt er lächelnd, dass sie wie ein Kranich mit weit geöffneten Schwingen aussieht.

»Pass auf, dass du nicht hinausfällst«, sagt der Vater des kleinen Königs.

»Pass auf, dass der aufkommende Sturm dich nicht erwischt«, fügt die Mutter des kleinen Königs hinzu.

Aber noch bevor sie zu Ende gesprochen haben, ist der kleine König auch schon wieder aus dem Spielzimmer verschwunden und zurück auf seiner Weltreise. Aber diesmal ist er nicht unterwegs, um neue Städte und Menschen zu entdecken; diesmal bereist er alle Orte, an denen er schon gewesen ist, und betrachtet die Geschehnisse dort noch einmal aus einem anderen Zeitwinkel. Er fühlt sich nicht mehr einsam, weil er viel zu schnell ist, und er fühlt sich auch nicht mehr ausgeschlossen, weil keiner versteht, warum er ist, wie er ist und nicht anders. Er ist einfach da, in jedem Moment, an dem er teilhaben möchte, und wenn ihn jemand anspricht, dann hat er keine Angst mehr davor, zu erzählen, dass er einfach nur der kleine König aus dem dunklen Loch in der Realität ist. Und wenn die Menschen dann ganz aufgeregt weiterfragen, wie es denn da so ist, an diesem Ort, in dem alles mit Phantasie überfüllt sein muss, dann lächelt der kleine König nur geheimnisvoll und sagt: »Also das – das müsst ihr schon selbst herausfinden.«

»Aber wir sind doch nicht wie du«, erwidern die Menschen dann unsicher. »Wir wissen nicht, wo die Splitter der Realität eine Lücke in die Wahrhaftigkeit der Welt gerissen haben. Wir wissen nicht, wie man diese Gebiete der ewiglichen Zeitlosigkeit betritt.«

»Oh, doch«, sagt der kleine König daraufhin lächelnd. »Jeder Mensch kann diesen Ort betreten. Seht ihr denn nicht den schwarzen Schleier, dort, ganz hinten, versteckt zwischen eurer letzten und vorletzten Erinnerung? Umrandet von Gedanken und Fragen, gehalten von Antworten und Gewissenhaftigkeit. Dort. Könnt auch ihr euch einfinden, wann immer ihr wollt, zu jeder Zeit. Für immer und ewig oder für die Dauer einer kurzen Stunde. In euren Gedanken gehört jeder Raum der Welt euch, in euren Gedanken seid ihr – bis zum Schluss – unendlich.«

Dann verschwindet der kleine König meistens, denn er bleibt nie lange in ein und demselben Augenblick. Er liebt es, unterwegs zu sein, nirgendwo anzukommen, an nichts und niemanden gebunden zu sein. Er mag die Gelassenheit, die er in sich trägt, und das Wissen, das in ihm wächst, genauso wie die Geheimnisse, die ihn umgeben.

Doch dann, eines Tages, nachdem der kleine König zwei Jahre unterwegs gewesen ist, kommt er schließlich zurück nach Hause, zu seinen Eltern, die noch immer inmitten der Lücke der Realität wohnen. Die beiden freuen sich sehr, ihren kleinen Sohn endlich wiederzusehen. Sie heben ihn hoch in die Luft, wirbeln ihn umher und freuen sich, dass er endlich, endlich heimgekehrt ist.

Und da weiß der kleine König auf einmal, dass er nun genug gesehen hat, von der Welt und von den Menschen und von der Zeit. Nun ist er bereit, an dem Ort zu bleiben, an den er gehört, fernab von dem Trubel der schlagenden Uhren, der eilenden Stunden, der hastenden Minuten, der blank polierten Sekunden.

Also fragt der kleine König seine Mutter, ob sie ihm zum Abendessen vielleicht Milchreis mit Apfelmus und Zimt und Zucker machen könnte.

Sie verspricht es ihm lächelnd.

Daraufhin fragt der kleine König seinen Vater, ob er ihm zum Einschlafen vielleicht eine Geschichte aus dem dicken Abenteuerbuch vorlesen könnte.

Er verspricht es ihm lächelnd.

Und da freut sich der kleine König sehr – denn natürlich kann er schon längst alleine Milchreis kochen, und lesen kann er selbstverständlich auch, aber er ist mittlerweile alt und weise genug, um zu wissen: Es gibt nichts Schöneres, als sich die Zeit zu nehmen, die man braucht, um in Ruhe erwachsen werden zu können.

Vor allem dann.

Wenn man alle Zeit der Welt hat.

Und so nimmt der kleine König die gelbe Plüschente vom Boden auf, streicht ihr sacht über das ausgeblichene Fell und setzt sie auf sein Bett, neben das hellgrüne Kopfkissen. Er zieht die Decke über ihre Watschelfüße, schiebt ihren Kopf zwischen die Flügel und gibt ihr einen Namen, damit sie endlich schlafen kann.

Und falls sich nun jemand fragt, was das hier ist, die Wahrheit oder einfach nur irgendein Märchen – die Antwort ist ganz einfach: Es ist nicht irgendein Märchen.

Es ist ein ganz besonderes.

Es ist das letzte Märchen.

Das Erik Stevenson gehört hat.

Alice Clay.

Hat es ihm erzählt.

Zeitsprung

Es gibt Menschen, die verlaufen sich auf dem Weg ins Leben. Genauso, wie es Menschen gibt, die verlaufen sich auf dem Weg zum Tod. Eines haben sie alle gemeinsam: den Lauf der Zeit.

Es gibt Menschen, die glauben zu wissen, wo die Zeit hinführen wird, es gibt Menschen, die glauben zu wissen, dass alles in Ordnung ist, solange sie nur nicht wissen, wie schnell die Zeit verfließt und warum.

Es gibt Menschen, die waren noch nie in ihrem Leben betrunken, es gibt Menschen, die können sich gar nicht vorstellen, wie ein Tag ohne das weiße Rauschen beginnt.

Es gibt Menschen, die kommen immer überpünktlich, weil sie sonst das Gefühl haben, zu spät zu sein. Es gibt Menschen, die kommen immer zu spät, weil sie sonst das Gefühl haben, zu früh zu sein. Und es gibt Menschen, die kommen nie dort an, wo sie eigentlich hinwollten. Einige von ihnen scheitern an anderen, andere von ihnen scheitern an sich selbst. Wieder andere wissen gar nicht, dass sie scheitern. Und einige haben einfach nur Erfolg.

Um anschließend zu scheitern.

An ihrem Ruhm.

Es gibt Augenblicke, die sehen so aus, als wären sie unsichtbar, dabei ist immer irgendwer da, der sie erkennt. Es gibt Augenblicke, die fühlen sich an, als wären sie unantastbar, aber irgendwer berührt sie doch. Es gibt Augenblicke, die hören sich an, als wären sie unaussprechlich, und doch findet irgendwer ein Wort, das etwas verspricht.

Es gibt Geschehnisse, die benebeln unseren Verstand, es gibt Aufstände, die zerren an unserem Gewissen, es gibt Wissen, das berührt unseren Geist, es gibt Gespenster, die tanzen in unseren Gedanken.

Es gibt Wege, die sind unergründlich, es gibt Menschen, die denken nicht gründlich genug nach, bevor sie einen Weg betreten, und es gibt Gründe, die pflastern einen Weg, auch wenn er keinen Boden hat.

Es gibt Momente, die gehören allen Menschen zusammen, es gibt Momente, die gehören niemandem, nicht einmal einem Menschen allein. Es gibt Momente, die gehören all denen, die sich zu ihnen bekennen; und es gibt Momente, die sind jenen vorbehalten, die das Vermögen besitzen, sie zu benennen.

Es gibt unendlich viele Geschehnisse auf dieser Welt.
Unendlich viele Fragen und Antworten.
Unendlich viele Gesichter.
Unendlich viel Licht.

Und es gibt die Zeit.
Immer wieder.
Die Zeit.

Teil 2

Zeitlos

Die Stadt am See

Jenny Emmet steht an dem großen See am Rande der kleinen Stadt der verlorenen Zeit. Das Ufer ist sandig. Jenny ist barfuß, wie immer. Das Wasser schwappt gegen ihre winzigen Zehen. Sie lacht leise auf, weil sie das Gefühl so gerne mag.

Ein leichter Wind weht.

Auf einmal wird er stärker.

Und dann stehen wie aus dem Nichts plötzlich drei Gestalten neben Jenny. Sie weinen und schlagen unglücklich ihre Hände vor die Gesichter. Jenny schluckt und hustet. Dann geht sie einen Schritt auf die drei Gestalten zu. Es sind ihre Schwestern und ihre Mutter. Sie sind gekommen, um Abschied zu nehmen, an Jennys Grab.

Dort drüben.

In der anderen Stadt.

Jenny möchte die drei umarmen, sie möchte sich an sie klammern und ihnen ein letztes Mal zuflüstern, wie lieb sie sie hat. Aber Jenny kann es nicht – sie ist viel zu weit weg.

Denn da gibt es eine unsichtbare Grenze.

Die die Zeit von der Zeitlosigkeit trennt.

Und Jenny ist gefangen, mitten in diesem Grenzgebiet. Sie versteht noch nicht, wo sie sich befindet, sie weiß noch nicht, warum sich die Vergangenheit nahtlos mit der Gegenwart und der Zukunft vermischt. Sie wundert sich über ihre Freunde, die gemeinsam Völkerball spielen, auf der kleinen Wiese, gleich da vorne, gar nicht allzu weit entfernt von ihr. Vielleicht könnte sie hinüberlaufen und mitspielen? Vielleicht wird sie jetzt endlich wieder gesund.

Vielleicht hat es sich gelohnt.

Das jahrelange Kämpfen.

Jenny Emmet. Das blasseste Mädchen in der Stadt am See, das zierlichste Wesen zwischen den tanzenden Nebelschwaden und Nachtgestalten am Ufer. Gerade noch stand ihre Familie um sie herum, doch dann ist sie einfach verschwunden. Oder war das nur ein Traum? Verzweifelt blickt Jenny sich um, aber da ist nichts, was ihr ein haltendes Versprechen geben kann.

Jenny Emmet.

Totes Mädchen.

In der Stadt am See.

Sie steht verloren am Wasser und fragt sich, ob der dichte Nebel sich jemals verzieht, oder ob er immer auf der Wasseroberfläche ruht, weil dort ein unsägliches Geheimnis verborgen liegt.

Gespenster huschen um Jenny herum. Manchmal kann sie einige davon ganz deutlich sehen, aber in der nächsten Sekunde lösen sie sich in Luft auf oder fliegen lachend davon. Jenny taumelt, ihr ist schwindlig. Was ist nur los, mit diesem Ort?

Ist er verhext? Oder verflucht?

Am Himmel zieht eine Wolke vorbei, sie sieht aus

wie ein Kranich. Ein alter Mann und ein junges Mädchen blicken dem Kranich hinterher, genauso wie eine Mutter mit ihrer kleinen Tochter.

Dann wird es auf einmal dunkel, nur ein brennendes Haus erleuchtet die Nacht. Autoreifen quietschen, zwei Kinder schreien auf. Eines überlebt. Eines stirbt.

Rauch- und Staubwolken steigen über einer Stadt in der Ferne auf, Feuerwehrmänner versuchen Gebäudeteile beiseitezuschieben, um Menschen aus den Trümmern eines zusammengestürzten Clubs zu retten, aber sie kommen zu spät.

Die Leiche einer jungen Frau, in einem zerrissenen weißen Kleid, wird von vermummten Männern auf einer Müllhalde abgeladen und kurz darauf verbrannt.

Auf einem Balkon schläft ein alter Mann ein, in einem Fluss treibt ein schneeweißes Kind, ein Mädchen liegt tot in einer Blutlache auf dem Fußboden, ein anderes Mädchen liegt erstarrt im Rampenlicht auf einem Laufsteg und ein weiteres regungslos auf einem düsteren Kellerboden.

Ein junger Mann hält weinend eine junge Frau im Arm, in einem Café mit hellgrünen Wänden. Ein letztes Lied wird gespielt – eine allerletzte Zugabe.

Jenny hat Angst.

Sie hat all diese Menschen noch nie gesehen.

Und sie weiß auch nicht, warum sie alle sterben.

Aber da dringt auf einmal leise flüsternd eine Stimme an Jennys Ohr: »Sieh nur … da vorne, da vorne – da vorne wartet die Zeit. Aber sie gehört nicht mehr dir. Du bist ihr entkommen; das ist ein Fluch und ein Geschenk zugleich. Dreh dich um, in jede Richtung, du kannst überall und nirgends sein. Du bist frei. Zu gehen, wohin auch immer du möchtest. Nur zurück in die Zeit kannst du nicht. Aber sieh nur, da vorne wartet ein Junge. Siehst du ihn? Dort auf dem Baum. Er kennt dich, aus dem Schlosspark, aus der Stadt am Waldrand. Erinnerst du dich an ihn? Eure Augen haben sich getroffen. Das war kein Zufall. Die Zeit wusste, dass ihr euch bald wiederseht.

Er hat sich erhängt.

An ebendiesem Baum im Schlosspark.

Dabei wollte er das Gleiche wie du – leben. Verstehst du jetzt, wo du dich befindest? Weißt du jetzt, wie dieser Ort hier heißt?«

Jenny hebt ihren Kopf und nickt. Die leise Stimme verschwindet; aber der Junge, auf dem Baum, zwischen den dichten Ästen – er bleibt. Jenny geht einen Schritt auf den Baum zu und späht zu ihm hinauf. Er sieht ängstlich aus.

Ob er es wohl vermisst? Das Leben.

Ja. Natürlich.

Es tut weh.

So weh.

Hinter sich kann Jenny das Schluchzen ihrer Schwestern hören, die Mutter sagt ein Gedicht auf, aus einem Buch, das Jenny einmal gelesen hat. Aber Jenny dreht sich nicht um. Denn sie weiß jetzt, dass dort niemand stehen wird. Es sind nur die letzten Erinnerungen, die nachklingenden Bilder, das Echo einer längst vergangenen Zeit.

Und sie weiß auch: Natürlich könnte sie bleiben. Hier am Ufer, an diesem nebligen See. Zwischen ihren Träumen. Sie könnte sich verlieren, in all den Augenblicken, die sie nicht mehr miterleben kann, sie könnte weinen, um alles, was sie hätte haben können.

Wenn sie nicht.

So jung gestorben wäre.

Aber Jenny ist ein kluges Mädchen. Sie kennt ihren Verstand, und sie vertraut auf ihr schlagendes Herz. Sie hat ein Leben lang mit dem Tod gelebt, sie war darauf vorbereitet, früher zu gehen als andere. Und sie weiß, dass dieser Junge, dort oben auf seinem Baum, darauf wartet, dass jemand zu ihm hinüberkommt und ihm sagt, dass er nicht für immer in diesem Augenblick gefangen sein muss.

Dass er loslassen kann.

Wann immer er will.

Jenny entfernt sich weiter von dem nebligen See, und mit jedem Schritt, der sie näher an den Baum heranführt, erkennt sie mehr über die Unendlichkeit der zeitlosen Gebiete. Sie versteht, was hier zusammenläuft, um sich ein letztes Mal zu bündeln, nur um schließlich in der geheimnisvollen Ewigkeit zu verschwinden.

Es ist das Leben. Und der Tod.

Gleichberechtigt.

Denn hier vereint sich das Ende der Zeit mit dem Anfang der Zeitlosigkeit. Hier hebt die Phantasie die Wirklichkeit auf, hier wird die Wirklichkeit bestätigt, durch die unendliche Phantasie.

Jenny Emmet. Vierzehn Jahre lang ein Mädchen der Stadt am Waldrand, aber nun ist sie ein Mädchen der Stadt am See. Gerade erst gestorben und doch schon auf dem weiten Weg.

Jenny Emmet. Mädchen im Regen, Mädchen im Schnee. Weiße Haut, hellrosa Lippen, zwei Wintersprossen auf ihrer Nasenspitze, langes wehendes Haar.

Sie zittert vor Kälte.

Aber ein Lächeln umspielt ihre Angst.

Denn sie verabschiedet sich gerade schweigend, ohne sich umzudrehen, von ihren Schwestern und von ihrer Mutter. Sie verabschiedet sich von den spielenden Freunden. Sie verabschiedet sich von dem glühenden Fieber unter ihrer schneeflockenbesetzten Haut.

Und schließlich.

Verabschiedet sie sich.

Von der Zeit.

Jenny Emmet. Mädchen in der Stadt am See. Endlich erreicht sie den blühenden Baum. Sie bleibt stehen, direkt unter den dichten Ästen, sie sieht hinauf zu dem leblosen Jungen und lächelt ihm zu.

Er erkennt ihr hübsches Gesicht.

Er erinnert sich an die Enten im Park.

Er erinnert sich an seinen Namen: Decan West.

Und da weint er vor Glück.

Weil auch er. Endlich.

Versteht.

Epilog

Sie flüstern im dichten Nebel über dem See. Sie tanzen die Uferböschung entlang, sie schlafen im Regen zwischen der aufschäumenden Gischt. Sie sind dort. Ganz sicher. Auch wenn man sie nicht sehen kann. Ihre Stimmen durchdringen die Ewigkeit, sie erzählen alles, was war, alles, was wird, und alles, was niemand wissen kann.

Sie lächeln.

Manchmal ist es hellichter Tag.

Manchmal ist es finstere Nacht.

Und manchmal vereinen sich beide zu einem Lichtermeer aus Zeitbruchstücken, die in sich selbst vollkommen sind, und doch nicht existieren. Aber hier, in der Stadt am See, ist kein Augenblick unbestätigt, hier hinterfragt kein Moment seine lautlose Absolution.

Es ist Winter. Es ist Frühling.

Es ist Sommer. Es ist Herbst.

Kein Tag endet.

Kein Tag beginnt.

Aber die unsichtbaren Gestalten in dem weisen Nebel, über dem See, sie machen sich keine Gedanken darüber. Sie verlieren sich nicht in einer Vorstellung von etwas oder dem Raum hinter dem Raum, zwischen dem Raum, neben der aufgezogenen Wand. Sie suchen nicht nach einem Wort, um zu beschreiben, was längst geschrieben steht, sie stellen keine Frage, die längst beantwortet ist, sie geben keine Antwort, die jeder kennt. Und sie malen auch keine Bilder auf vorgefertigten Leinwänden, denn sie verwechseln ihr stetiges Dasein nicht mit der Furcht. Sie sind nicht rastlos oder ungestüm. Sie sind nicht einsam oder verlassen.

Sie sind einfach da.

In dem undurchsichtigen Nebel.

Über dem unendlichen See.

Und während sie dort verweilen, während sie ihre Ruhe finden, während sie loslassen, während sie ankommen und während sie endlich, endlich bleiben – da flüstern sie mit leisen Stimmen ein Lied.

Sie flüstern:

Da vorne, da vorne ...

Da vorne wartet die Zeit.

Danksagung

Isabella Vinet, Malte Thoms, Oliver Neitzel – ihr wart da, als eine Synapse in meinem Kopf den Zugang zu meinem Verstand verloren hat und ich aufgewacht bin, an diesem längst vergangenen, toten Ort, an dem ich nicht bleiben konnte.

Ihr habt die Tür eingetreten. Ihr habt das hässliche rote Licht in weiße Winternebelschwaden verwandelt. Ihr habt jeden einzelnen Raum nach meinem Bewusstsein durchsucht.

Ihr habt gewartet; entgegen der Zeit.

Ihr habt ausgeharrt.

In der Stille.

Und ihr habt mir zugeflüstert.

Dass ihr mich liebt.

Ihr habt es so gesagt, dass ich es glauben konnte.

Und dann. Dann habt ihr mich zurückgeholt.

Nach Hause. Zu euch.

Wo ich hingehöre.

LILLY LINDNER

Splitterfasernackt

Lilly Lindner ist sechs, als der Nachbar beginnt, sie regelmäßig zu vergewaltigen. Er droht ihr mit dem Schlimmsten, falls sie etwas ihren Eltern erzählen sollte. Und so schweigt das kleine Mädchen. Schließlich zieht der Mann weg – doch Lillys Leben ist längst aus dem Lot. Mit 13 Jahren fängt sie an zu hungern – damit von ihrem geschundenen Körper möglichst wenig übrig bleibt. Doch die Schande macht sie damit nicht ungeschehen. Und so beschließt Lilly als junge Frau, ihren Körper, der ihr schon lange nicht mehr gehört, in einem Edel-Bordell zu verkaufen. Und ausgerechnet hier beginnt sie, ihre ungeheuerliche Geschichte aufzuschreiben – und verfasst ein beeindruckendes, provozierendes Buch von großer Sprachgewalt.

»Ein hochintelligentes, sprachbegabtes,
körperlich und seelisch schwer geschädigtes
Mädchen hat ein Buch über ein eben-
solches Mädchen geschrieben.
Es heißt ›Splitterfasernackt‹.
Und es ist erschütternd.«
Süddeutsche Zeitung

KNAUR